KB126528

문학 시간에 영화 보기 1

박일환 지음

문학 시간에 영화 보기

1

한국 영화로
만나는

시와
시인들

한티재

머리말

평소에 영화를 썩 많이 보는 편은
아니었다. 그러다가 코로나 팬데믹이 일상을 마비시키고 집
에 있는 시간이 많아지면서 자연스레 영화를 자주 보게 됐다.
독서가 긴장과 집중을 요구한다면, 영화는 그에 비해 마음을
풀어놓고 즐길 수 있지 않겠냐는 생각도 했다.

아무래도 내가 시를 쓰다 보니 시와 시인을 다룬 영화에 먼
저 관심이 갔고, 어느 순간 영화를 통해 시에 대한 이야기를
할 수도 있겠다는 생각이 들었다. 그다음부터는 일부러 그런
종류의 영화들을 집중적으로 찾아서 보았다. OTT(온라인 동
영상 서비스) 채널이 여러 개 생겨 집에서도 언제든 영화를 볼
수 있는 여건이 마련된 것도 도움이 되었다. 먼저 넷플릭스에

가입을 했는데 내가 찾는 영화가 그리 많지 않아 왓챠에도 가입했다. 거기서도 찾을 수 없는 영화는 다른 경로를 통해 구해서 보았다.

나는 영화 전문가나 마니아가 아니다. 그런 만큼 영화의 기법이나 영화 전반의 세계에 대해서는 문외한이나 마찬가지다. 따라서 내가 쓴 글들은 영화평론도 아니고 감상문도 아니다. 영화를 보고 쓴 글이므로 영화 줄거리와 내 감상이 어느 정도 들어갈 수밖에 없긴 했어도, 나는 이 책에 실은 글들이 시를 이야기하는 글로 읽히기를 바란다. 그래서 영화에 나오는 시와 시인들에 대한 이야기에다 평소 내가 시에 대해 갖고 있던 생각들도 조금씩 덧붙였다.

시가 무엇인지는 한두 마디로 정의할 수 없으며, 지금도 시의 영역은 꾸준히 넓어지고 있다. 또한 시를 이해하고 받아들이는 방식도 사람마다 다르기 마련이다. 시를 바라보는 내 생각과 관점 역시 나라는 한 사람의 견해에 지나지 않을 수도 있다. 그런 점을 이해하고 읽어 주면 좋겠다.

시가 나오는 영화는 생각보다 무척 많았다. 이 책에 소개한 영화 말고도 더 많은 영화를 봤지만, 내가 소화할 수 있고 내 나름대로 시에 대해 이야기할 거리가 있겠다 싶은 영화들만

추렸다. 영화를 보는 시간은 즐거웠고, 시보다 영화가 전달력과 호소력이 강한 장르라는 생각도 했다. 시와 영화는 둘 다 이미지를 중시하지만 문자로 표현하는 이미지와 시각으로 표현하는 이미지 사이의 간극은 꽤 크다. 그래도 사람들이 시를 찾아 읽는 건 영상이 전달하는 일방적인 보여 주기보다 시가 조금은 더 열린 해석을 가능하게 해 주기 때문이 아닐까 싶은 생각도 든다. 우열을 따지자는 얘기는 아니고, 장르 고유의 특성이 있다는 정도로 받아들이면 될 듯하다. 영화와 시를 결합시킬 때 생각보다 궁합이 잘 맞는 짝이라는 생각도 했다.

세상의 모든 일은 공부의 재료가 된다. 그런 면에서 영화도 훌륭한 공부 재료가 될 수 있다는 걸 이번 글들을 쓰면서 알게 됐다. 영상 세대라고 하는 말이 나온 지도 꽤 됐다. 문자 세대에 속하는 내가 영상 세대의 감성과 감각을 따라가기는 힘들지만 모든 공부는 관심을 기울이는 데서부터 시작되는 것 아니겠는가. 그런 면에서 내가 한 공부가, 이 책을 읽을 교사와 청소년을 비롯해 영화와 시에 관심 있는 분들에게 적절한 길잡이가 되면 좋겠다는 소망을 가져 보기도 한다. 요즘 학교에서 영화와 같은 영상 매체를 활용한 수업이 많이 늘고 있다니 그런 측면에서 활용이 된다면 더욱 바랄 것이 없겠다. 일종의 통합 수업, 융복합 수업의 기초 자료가 되었으면 싶기도 하다.

오랫동안 시를 써 왔지만 아직도 시에 대해 잘 모른다. 그러니 영화에 대해서는 또 아는 게 얼마나 되겠는가. 그런 가운데도 무모한 용기를 냈다. 모든 글은 말 걸기라고 생각한다. 내가 건넨 말에 호응을 하고 안 하고는 독자들의 몫이다. 가능하면 조금이라도 호응이 있기를 바라지만, 되지도 않는 말 걸기를 시도한 건 아닌가 싶은 걱정도 한 편에 있다. 하지만 이미 내가 던진 말은 내 곁을 떠났고, 후과를 감당하는 건 내 몫이다. 독자의 몫과 내 몫은 서로 다르지만 부담 없이, 서로 감당할 수 있을 만큼만 감당하면 될 일이겠다. 영화를 만든 감독들도 같은 마음이지 않았을까 하는 어쭙잖은 생각을 전하며 머리말을 대신한다.

세상의 모든 시인들, 좋은 영화를 만들기 위해 애쓴 분들, 그리고 나를 여기까지 끌어 준 많은 이들에게 두루 고마운 마음을 전한다.

2022년 봄
박일환

차
례

5   **머리말**

14   찬실이가 눈물 흘린 까닭은?
+ 〈찬실이는 복도 많지〉

26   시의 힘과 쓸모
+ 〈칠곡 가시나들〉, 〈시인 할매〉

44   시인은 어떻게 사는가?
+ 〈시인의 사랑〉

56   시를 아는 것과 쓰는 건 다르다
+ 〈시〉

70   젊음은 오래 거기 남아 있거라
+ 〈동주〉

84   디아스포라 윤동주
+ 〈군산 : 거위를 노래하다〉, 〈후쿠오카〉

102 정말 먼 곳을 향해 가는 여정
+ 〈한강에게〉, 〈정말 먼 곳〉

118 산으로 간 시를 찾아 나서다
+ 〈생각의 여름〉

132 두 번째로 슬픈 사람이 쓰는 시
+ 〈생일〉

144 사람들은 언제, 왜 시를 읽을까?
+ 〈시 읽는 시간〉

156 표절에 대한 욕망
+ 〈변산〉

170 마음을 움직이는 시 한 구절
+ 〈69세〉, 〈강변호텔〉

182 내 사랑도 언젠가 추억으로 그치리
+ 〈편지〉, 〈8월의 크리스마스〉

194 고전시가가 현대인에게 다가갈 때
+ 〈호우시절〉, 〈언어의 정원〉

212 슬픔의 시간을 통과하는 방법
+ 〈봄이 가도〉

224 손가락 끝으로 꿈꾸는 우주인
+ 〈달팽이의 별〉

236 남산에서 총에 맞아 죽은 시인
+ 〈열두 번째 용의자〉

252 다시 만나 사랑하겠습니다
+ 〈번지점프를 하다〉

264 이 책에 실린 영화를 볼 수 있는 곳

찬실이가

눈물 흘린 까닭은?

찬실이는 복도 많지
김초희 감독, 2019

〈찬실이는 복도 많지〉는 독립영화로 제작했지만 영화가 좋다는 소문이 퍼지면서 개봉관에서 약 3만 명의 관객을 모았다. 독립영화치고는 제법 많은 관객을 모은 편이라고 한다. 나 역시 주변에서 여러 사람들이 좋다는 평을 하기에 마음먹고 보게 되었고, 보기를 정말 잘했다는 생각을 했다.

영화의 줄거리는 간단하다. 영화 프로듀서인 찬실이(강말금)는 함께 작업하던 감독이 돌연사를 하면서 영화가 엎어지고 졸지에 실업자가 된다. 생활고로 인해 산동네로 이사를 하고, 후배 여배우의 가사 도우미로 일하는 찬실이. 영화 외에는 아무것도 생각하지 않고 달려왔기에 달리 할 수 있는 일이 없어 자발적으로 선택한 일이다. 오죽하면 그럴까 싶기도 하면서 한편으론 불쌍하고 자존심도 없어 보인다. 맹하면서도 착한 여자, 그게 찬실이라는 여자의 캐릭터다. 찬실이가 나무에 매달린 모과 열매를 보며 "내하고 닮았나?" 하고 중얼거리는 장면은 그런 찬실이의 캐릭터를 압축해서 보여 주기 위함이었을 것이다.

영화 제목에 '복도 많'다는 말을 붙인 건 실의에 빠진 찬실이에게 힘이 되어 주는 좋은 사람들이 주변에 많았기 때문이다. 함께 작업하던 후배 연기자와 스태프들이 찬실이를 대하는 모습을 보면 안다. 남자 후배들이 용달차도 올라가지 못하는 곳까지 무거운 이삿짐을 날라 준 다음 함께 짜장면을 시켜 먹는 장면은 정겹고 훈훈하다. 그들은 한목소리로 찬실이가 꼭 재기할 수 있을 거라며 용기를 불어넣어 주는 걸 잊지 않는다. 영화 속에는 본인이 장국영이라고 주장하는, 약간 뜬금없다 싶은 가상의 인물이 귀신으로 등장한다. 영화의 재미를 위해 삽입한 장면일 텐데 어색한 듯하면서도 극의 재미를 높여 주는 역할을 한다. 그런 장국영 귀신도 찬실이에게 "당신 멋있는 사람이에요. 그러니까 조금만 더 힘을 내 봐요. 알았죠?" 하면서 힘을 북돋아 준다. 그런 사람들 가운데 한 명이 찬실이가 세 들어 살게 된 집의 주인 할머니(윤여정)다.

영화에는 두 편의 시가 나온다. 대중들에게 널리 알려진 나태주(1945~현재) 시인의 짧은 시 「풀꽃 1」과 영화 속 등장인물인 할머니가 지은, 제목도 없는 시.

시골 초등학교 교장 출신인 나태주 시인은 고향 공주에 소박한 규모의 '풀꽃문학관'을 만들어서 운영하고 있다. 그만큼 '풀꽃' 연작시가 나태주 시인을 대표하는 작품으로 알려져 있음을 알 수 있다. 몇 해 전 지인들과 함께 풀꽃문학관에 방문했던 일이 기억난다. 교사 시절 어린 제자들에게 가르쳤던 동요를 직접 풍금을 치며 들려주던 게 깊은 인상으로 남아 있다.

'자세히 보아야 / 예쁘다' 하고 시작하는 「풀꽃 1」은 찬실이의 후배이자 영화배우인 소피와 그녀에게 프랑스어를 가르쳐 주는 남자 김영이 주고받는 대화 속에 등장한다. 김영이 시를 읽어 주자 소피가 너무 좋은 시라며 화답한다. 이 시에 대한 감상을 말하는 배우들의 표현은 '멋지다', '예쁘다', '곱다'라는 세 낱말이다. 이 세상에 존재하는 시들은 무척 다양하며, 그래서 멋지고, 예쁘고, 고운 시만 있는 건 아니고, 그게 시가 지닌 특성의 전부인 것도 아니다. 일반적으로 사람들이 시에서 기대하는 게 주로 그런 특성에 머물곤 하지만, 그럴 경우 오히려 시의 영역을 좁히거나 시의 본질과 참맛을 느끼기 어렵도록 한다. 그렇다고 해서 방금 말한 특성을 가진 시들을 폄하하려는 건 아니다. 특정한 상황에 잘 어울리는 시들이 있기 마련이고, 그렇게 분위기와 상황에 맞는 시들을 찾아 읽으면서 감상하면 그만이다.

감독이 영화에 이 시를 삽입한 건 찬실이에게 응원을 보내고 싶은 마음에서 그랬을 거라는 점을 어렵지 않게 짐작할 수 있다. 영화에만 빠져 사느라 나이 들도록 집도 없고, 모아 놓은 재산도 없고, 애인도 없는 찬실이. 그런 찬실이가 실의에 빠져 자신의 존재 가치마저 부정하지 않도록 힘을 북돋아 주고 싶었을 게다. 그런 감독의 의도를 뒷받침하는 데 나태주 시인의 짧은 시가 적절한 역할을 해 주고 있다. 사람들은 따지고 보면 다 평범하고 거기서 거기다. 그런데도 남들에 비해 어쩐지 자신은 못나 보이고, 그럴수록 주눅이 든다. 그럴 때 결코 그렇지 않다고, 너도 예쁘고 사랑스럽다고 말해 줄 수 있어야 한다. 남들이 그래 주지 않으면 스스로라도 그렇다면서 주문을 걸 필요도 있다. 친구들끼리, "너도 그렇다", "너도 그렇다"면서 주고받는 장면을 상상해 보면 괜히 흐뭇한 마음이 든다.

하지만 나는 이 시보다 영화 속 할머니가 지었다는 짧은 시가 마음속으로 더 깊게 파고드는 걸 느꼈다. 찬실이가 세 들어 사는 집의 주인 할머니는 외롭게 혼자 살며 늦은 나이에 한글을 배우러 다닌다. 그런 할머니의 한글 공부를 도와주던 찬실이는 어느 날 할머니로부터 숙제로 썼다는 시를 봐 달라는 부탁을 받는다.

할머니 : 나 이거 도통 모르겠네. 길게 쓰는 게 맞는 건지, 짧게 쓰는 게 맞는 건지?

찬실이 : 뭐가요? 숙제가 뭔데요?

할머니 : 시를 써 오래.

찬실이 : 아, 시요. 할머니, 시는 어렵게 생각하면 더 어려워요. 그냥 아무거나 써도 돼요.

할머니 : 한 줄만 써도 돼?

찬실이 : 한 줄만 써도 되겠어요?

할머니 : 아무케나 쓰래매.

찬실이 : 아무거나 쓰라고 했지 아무렇게나 쓰라고는 안 그랬는데…. 일단 써 보세요. 제가 봐 드릴게요.

할머니 : 알았어.

그런 다음 할머니가 시를 쓰고 그걸 찬실이에게 보여 준다. 맞춤법도 안 맞고 받침도 빼 먹으며 쓴 시는 다음과 같다.

사라도 꼬처러 다시

도라오며능 어마나

조케씀미까

찬실이가 하나도 모르겠다고 하자 할머니가 직접 시를 읽어 준다. 다음은 할머니가 읽는 걸 들으며 내가 옮겨 적은 내용이다.

사람도 꽃처럼 다시
돌아오면은 얼마나
좋겠습니까

할머니의 시 낭송을 들은 찬실이는 울음을 터뜨린다. 영화 속 할머니의 딸은 일찍 죽었고, 그런 사연이 있었기에 짧은 시가 찬실이의 울음을 끌어낼 수 있었으리라. 나 역시 이 장면을 보며 마음이 울컥했고, 많은 관객들이 비슷한 감정을 느꼈을 거라 생각한다. 예쁘다고 느끼는 감정과 울컥하는 감정 사이에는 깊은 강이 흐른다. 그런 차이를 통해, 시는 배워서 익히는 게 아니라는 사실을 확인할 수도 있다. 할머니의 시(물론 감독이 창작했겠지만)는 기교 이전의 시다. 기교가 필요 없다는 말이 아니라 기교보다 더 중요한 게 있다는 말이다. 그게 뭘까?

나태주 시인의 시에는 없는 게 할머니의 시에는 있다는 말이 되겠는데, 나는 그걸 절실함 혹은 간절함이라는 말로 설명하고 싶다. 할머니가 해마다 다시 피어나는 꽃처럼 돌아오기를 바라는 존재는 당연히 일찍 죽은 딸이다. 딸을 잃은 어미의 아픈 마음이 짧은 몇 마디에 고스란히 얹혀 있고, 독자가 그 마음을 받아 안는 순간 감동이 탄생한다.

그러고 보니 시도 결국 이야기라는 걸 알 수 있겠다. 구체적인 삶의 맥락과 이어져 있는 이야기의 힘은 세다. 아무리 짧은 시라도 그 안에 이야기를 담을 수 있다는 게 시의 특성이자 매력인 셈이다. 그런 예를 들자면 우리 시 문학사에서 얼마든지 가져올 수 있다. 짧아서 좋은 게 아니라 짧아도 좋을 수 있다는 걸 시는 보여 준다. 다 말하지 않음으로써 더 많은 걸 보여 줄 수도 있다는 게 시라는 얘기도 되겠다.

"이상하게 할머니들한테는 가슴이 너무 아파서 안 까먹고는 못 사는 그런 세월이 있는 것 같아요. 안 그러고서는 어떻게 저렇게 웃을 수 있나 싶어요."

찬실이가 영이와 공원에서 잠시 데이트를 하던 중 서로 친구인 듯한 할머니 몇 분이 사진을 찍으며 웃고 있는 장면을 보면서 한 말이다. 이어서 이런 말도 덧붙였다.

"우리 할머니는 돌아가셨어요. 글이라고는 이름 세 글자밖에 모르는 완전 시골 촌 할매였는데도 사는 게 뭔지 다 아는 거 같았어요. 마음대로라는 게 애당초 없다고 생각해서 그런 거 같기도 하고…."

찬실이의 말에 영이가 동감을 표시하며 이렇게 말한다.

"할머니들은 다 알아요. 사는 게 뭔지. 날씨가 궂은 날에도 맑은 날에도."

삶이란 게 '마음대로' 되는 게 아니라는 깨달음은 체념이 아니라 기나긴 세월 속에서 몸으로 익힌 삶의 속성에 대한 통찰과 맞닿아 있는 것으로 보아야 하지 않을까?

앞서 절실함 혹은 간절함이라는 말을 했는데, 이 영화는 감독의 그런 마음 바탕 위에서 만들어졌다고 들었다. 영화 주인공인 찬실이처럼 감독도 비슷한 처지에 놓여 있었고, 그런 자신의 이야기를 바탕으로 첫 영화를 만들었다고 한다. 영화가 관객들의 마음에 잔잔한 물결을 일으킬 수 있었던 건 바로 감독의 절실한 상황이 깔려 있었기 때문일 터이다. 영화든 시든 만드는 사람의 마음에 간절함과 절실함이 있어야 한다. 영화 속 할머니처럼 시가 뭔지 '도통 모르겠'어도 좋은 시를 쓸 수 있는 비밀이 바로 이 지점에 있지 않을까 싶다.

이 지점에서 시는 교과서에 있는 시들을 읽고 분석하면서 배우는 게 아니라는 사실을 다시 한 번 곱씹을 필요가 있겠다. 누구나 시인이 될 수 있다고 할 때, 그건 누구나 자기만의 이야기를 지니고 있기 때문이라는 말과도 통한다. 그 이야기가 거창하고 말고의 문제는 아니다. 작은 이야기일지라도, 아니 작은 이야기라서 더 공감을 끌어낼 수도 있다. 이야기가 거창할수록 나와는 상관없는 문제로 여겨질 수 있기 때문이다. 가장 중요한 건 일단 끄집어내고 풀어내는 거다. 형식이나 운율 같은 건 그다음 문제다. 그런 건 전문가에게나 필요한 것일 뿐이고, 되든 안 되든 무조건 써 보는 것, 거기서부터 시 쓰기의 즐거움을 찾아가는 게 더 중요하다.

그나저나 찬실이의 삶은 어떻게 이어지게 될까? 새로운 삶의 길을 어디서 찾아야 할지 고민하던 찬실이는 결국 영화판으로 돌아갈 수밖에 없다는 판단과 함께 시나리오를 쓰기 시작하고, 그런 찬실이를 장국영이 지켜보며 응원한다.

보름달이 뜬 어느 날 밤에 후배들이 찬실이 집을 찾아온다. 그런데 하필 그날따라 방 안의 전구가 나갔다. 후배들과 함께 전구를 사러 산동네 아래로 내려가던 중에 소피가 달에게 맹세하고 싶은 밤이라고 하자 찬실이는 퉁명스러운 말투로 받아친다.

"맹세는 하지 마라. 달도 변하는데 뭔들 안 변한다고…."

하지만 그런 찬실이도 후배들을 먼저 내려보내 놓고 달을 바라보다 눈을 감고 이렇게 중얼거린다.

"우리가 믿고 싶은 거, 하고 싶은 거, 보고 싶은 거…."

거기서 멈추고 뒷말은 이어지지 않는다. 그래서 더 여운이 남는 대사다. "모두 이루어지게 해 주세요" 같은 말이 붙었다면 얼마나 상투적으로 느껴지겠는가? 시에서도 상투성은 최대한 멀리해야 할 적이다. 나머지는 관객이나 독자의 몫으로 남겨 두는 것, 그래서 나에게는 이 마지막 장면이 무척 시적으로 다가왔다. 찬실이 역을 맡은 배우 강말금은 한 인터뷰에서 자신을 일러 작은 일에는 좀 부정적이고 비관적이지만 큰 절망 앞에서는 희망의 싹을 본다고 했다. 마지막 대사의 줄임표 속에서 희망의 싹이 자라고 있으리라 믿고 싶다.

한 가지 더 이야기하자면 시에서 제목이 중요하듯 영화도 마찬가지인데, 영화를 만들며 처음에 생각했다던 제목을 듣고 저절로 '맙소사!' 소리가 나왔다. '눈물이 방울방울'이었다던가? 처음 제목을 그대로 고집했다면 나부터라도 민망해서 고개를 돌리고 말았을 게 분명하다.

영화가 끝나고 자막이 올라갈 때 바로 일어나거나 화면을 닫아 버리면 영화의 참맛 하나를 놓치고 만다. 그러면 참 아쉽고 억울한 일이 될 게 분명하다. 출연진을 소개하는 자막이 끝나기 시작할 무렵에 씽씽밴드로 유명한 이희문이 "찬실이는 복도 많지. 찬실이는 복도 많아. 집도 없고, 돈도 없고, 찬실이는 복도 많네" 하는 노래를 타령조로 읊는다. 경기민요 이수자인 이희문은 독특한 분장과 퍼포먼스, 그리고 현대적으로 편곡한 민요로 국제무대에도 진출하는 등 제법 두꺼운 마니아층을 형성하고 있다. 노래 가사는 감독이 쓰고 곡은 〈사설방아타령〉을 빌려 왔는데 무척이나 경쾌하고 흥겹다. 노래를 듣고 있으면 찬실이의 앞날이 밝을 수밖에 없겠다는 생각이 절로 일어난다. 영화에 나오는 시도 시지만 이희문의 노래를 들으면서 나는 영화가 덤으로 전해 주는 복을 받았다고 생각했다.

이희문은 배운 대로 부르지 않았다. 자기가 부르고 싶은 대로 부르고, 비틀고 싶은 대로 비틀었다. 그랬더니 같은 노래라도 기존의 것과는 다른 색깔의 노래가 나왔다. 시도 그래야 한다. 이렇게 하면 왜 안 되는데? 하면서 다른 길로 가 보는 걸 주저하거나 두려워하지 않을 때, 나만의 것, 기존에 없던 새로운 것이 나올 수 있다.

시의 힘과

쓸모

칠곡 가시나들
김재환 감독, 2019

시인 할매
이종은 감독, 2018

1.

경북 칠곡의 할매들이 쓴 시를 모아 펴낸『시가 뭐고?』(삶창, 2015)라는 시집을 읽었다. 내친 김에 〈칠곡 가시나들〉이라는 제목의 영화도 보았다. 나이 팔십이 넘은 할매들이 한글을 배우고 시를 쓰는 이야기를 담은 다큐멘터리 영화다. 우선 시집 제목으로 삼은 표제시를 읽어보자.

논에 들에

할 일도 많은데

공부시간이라고

일도 놓고

헛둥지둥 왔는데

시를 쓰라 하네

시가 뭐고

나는 시금치씨

배추씨만 아는데

　　　　　　　　　　— 소화자, 「시가 뭐고」 전문

　소화자 할매는 시가 뭔지 모른다고 한다. 그렇다면 이건 시
일까 아닐까? 시가 뭔지 알아야, 즉 시의 특성과 시 쓰는 법을
배우고 난 뒤에야 시를 쓸 수 있는 걸까? 할매들의 시를 모아
서 엮은 이와 출판사는 그렇지 않다고 생각했으니 시집이 나
왔을 게다.

　이 지점에서 시는 정말 무엇인가 하는 점을 다시 물어볼 수
있겠다. 그리고 거기에 대한 나의 답은 이 세상에서 시가 어
떠한 것이라고 명확히 정의할 수 있는 사람은 아무도 없으리
라는 것이다. 그만큼 시는 무한히 열려 있는 그 무엇이라고
할 수 있는데, 그건 형식뿐만 아니라 내용도 마찬가지다. 쉽
게 말하면 자신이 쓰고 싶은 내용을 쓰고 싶은 대로 쓰면 된
다는 얘기와도 통한다. 교과서에서 말하는 시의 정의에 대해
서는 잊어도 된다는 말이기도 하다. 교과서 안에 있는 시보다
교과서 밖에 있는 시가 적어도 수십만 배는 많을 테니.

　이 부분에서 다시 한 번 물어보자. 시는 알아도 시금치씨
와 배추씨는 모르는 시인들이 얼마나 많을까? 시는 잘 알지

만 시금치씨와 배추씨를 모르는 시인과, 시는 모르지만 시금치씨와 배추씨를 아는 할매 중 누가 더 위대할까? 질문이 너무 이분법적으로 들릴 수도 있겠으나, 시에 쓸데없이 드리운 너울—고상한 말로 하면 아우라(Aura)니 뭐니 하는—을 걷어내고 보자는 얘기다. 그럴 때에 시는 고상한 예술이라거나 골치 아프고 어려운 말놀음이라는 식의 선입견에서 벗어날 수 있지 않을까? 그렇다고 해서 고상하고 어려운 시가 필요 없다는 얘기는 아니다. 무작정 쉬운 시만 쓰자는 얘기도 아님은 당연하다. 다만 시를 특정한 울타리 안에 가두지는 말자는 얘기다.

위에 소개한 소화자 할매의 시에서 이른바 문학성을 찾고자 한다면 그건 번지수를 한참 잘못 짚은 거다. 문학성이라는 것이 어디 하늘 저 높은 곳에 있는 것도 아닐진대, 그런 말에 주눅 들지 말고 그냥 편하게 읽으면 되는 거다. 독자가 평론가가 되어야 하는 것도 아닐 테니 말이다. 그냥 읽으면서, 일하다 말고 '헛둥지둥' 달려와 시가 뭔지도 모르는 상태에서 삐뚤빼뚤한 글씨로 시라는 걸 쓰고 있는 할매의 모습을 상상해 보는 것, 거기서부터 출발해도 충분하다. 그럴 때 입가에 절로 빙그레 웃음이 지어지지 않을까? 경상도 사람들이 'ㅆ' 발음을 제대로 하지 못해 '시'와 '씨'를 동급으로 연결해 놓은 부분에서 불일치가 주는 묘한 유쾌함을 느껴 볼 수도 있겠다. 여든이 넘은 나이에도 여전히 논과 밭에 나가 일하는 할매의 삶과, 그런 가운데도 글을 배워 보겠다는 열성을 읽어 내면 그걸로 이 시에 대한 감상은 충분하다. 더도 덜도 말고 딱 그만큼, 할매가 살아왔고 지금 살고 있는 모습이 몇 줄 안에 고스란히 담겨 있지 않은가. 아무려나 평생을 흙과 더불어 살아온 할매에게 그깟 시가 채소 씨앗보다 중하겠는가. 하지만 그런 내력을 시라는 형식으로 풀어놓으니, 아무것도 아닌 듯했던 시란 놈이 이번에는 빛나 보인다. 시가 씨를 불러들이고, 씨가 시를 완성시켜 주었으니 씨앗도, 시도 동시에 위대하다고 말하면 지나친 견강부회일까?

영화 속에서 할매들은 함께 한글을 배우고 시를 쓴다. 중간중간 내레이션과 자막으로 할매들이 쓴 시들이 등장한다. 다음은 큰마포댁 박금분 할매가 쓴 시다.

가마이 보니까 시가
참 만타

여기도 시
저기도 시

시가 천지삐까리다

— 박금분, 「시」 전문

'가마이 보'는 것! 바로 시가 탄생하는 지점이다. '가마이 보'려면 일단 멈춰야 한다. 시는 그렇게 멈춰 있는 시간에 찾아온다. 아니 그냥 멈추기만 해서는 안 되고 그 자리에서 무언가를 보아야 한다. 그것은 길가의 꽃일 수도 있고, 지나가는 사람일 수도 있고, 깨진 유리 조각일 수도 있고, 아무것도 하지 않고 '가마이' 있는 내 마음일 수도 있다. 그렇게 보았더니 박금분 할매의 눈에는 '시가 천지삐까리'더란다. 얼마나 놀라운 일인가. 어려운 말을 좋아하는 사람들이 '질주하는 삶의 속도를 늦춰야 한다'든지, '응시와 성찰의 시간을 가져야 한다'든지 하는 말들이 실상은 별 것 아니다. 박금분 할매처럼 잠시 멈춰서 '가마이 보'는 것이다.

그렇게 해서 박금분 할매는 어떤 시들을 만났을까? 영화의 끝 부분은 할매들이 봄 언덕에 나와 쑥을 캐는 장면으로 마무리된다. 쑥을 캐면서도 할매들은 서로 숙제를 했느냐 묻고, 방에다 책을 펴 놓고 나왔다는 대답을 한다. 그러면서 함께 웃는다. 마지막으로 한 할매가 푸시킨의 시 구절을 읊으며 영화는 끝난다.

"삶이 그대를 속일지라도. 하하하."

웃음의 여운이 내 마음에 오래 남았다. 할매들이 캔 쑥이 바로 시였을 거라는 생각을 나만 하지는 않았을 거라고 믿는다. 삶이 그대를 속일지라도 우리는 지금 쑥을 캐고 시를 쓴다. 그러면 충분하지 않은가. 그렇게 함으로써 슬퍼하거나 노여워해야 할 일도 멀리 밀어낼 수 있을 터!

2.

비슷한 시기에, 비슷한 이야기를 담아 만든 다큐멘터리 영화가 한 편 더 있다. 이종은 감독이 연출한 〈시인 할매〉는 전라남도 곡성군 입면 서봉리에 살며 시 쓰는 할매들을 영상에 담았다. 곡성의 할매들도 한글을 익힌 다음 시를 쓰기 시작했고, 그 길로 이끈 건 마을에서 '길작은 도서관'을 운영하는 김선자 관장이었다.

영화는 눈이 오는 겨울날에 할머니 한 분이 집 앞의 눈을 쓰는 장면으로 시작한다. 그러면서 할머니가 쓴 시가 삐뚤빼뚤한 할매체 자막과 함께 낭송으로 흘러나온다.

사박사박

장독에도

지붕에도

대나무에도

걸어가는 내 머리 위에도

잘 살았다

잘 견뎠다

사박사박

— 윤금순, 「눈」 전문

　할매들에게 사는 건 견디는 일이었다. 시 낭송이 끝난 후, 잘 못 견뎠다면 이 세상에 없었을 거라는 할매의 대사를 들으며 삶을 이어 가는 일의 엄중함을 새삼 생각해 보았다. 어떻게든 견디며 살아 내는 일, 할매들에게는 그게 삶의 최대 목표였을 것이다. 그분들의 지나온 삶이 어땠을지는 굳이 물을 필요가 없겠으나, 한 가지 놓치지 말아야 할 건 있다.

　"힘 안 들이고 하는 건 하나도 없어. 힘이 다 들어야지. 그 글 쓰는 것도 얼마나 힘들어."

　양양금 할매가 고추를 따면서 하던 말이다. 학생들이 이 대사를 들으면 "맞아. 공부하는 것도 얼마나 힘든데" 하면서 공감을 표시하지 않을까? 살아 낸다는 건 결국 힘을 들인다는 얘기고, 젊은 나이에 시집와서 할매가 될 때까지 그런 삶을 회피하지 않고 이어 왔다는 걸 알려 주는 말이다. 그런 한편 임동댁 임부남 할매는 "남이 산께 나도 살았지"라고 했고, 일 동댁 최영자 할매는 "나는 어찌게 산지도 모르고 살아붓다"라 고 했다. 집착도 아니고 그렇다고 체념도 아닌 이 말들을 어 떻게 받아들여야 할까? 주어진 삶을 거역하지 않고 순응하는 자세와 닿아 있는 말들로 나는 이해했다. 이런 자세는 필시 땅으로부터 배웠을 것이다.

곡성 사람은 아니지만 개인 시집까지 낸 황보출이라는 할 매가 있다. 포항에서 농사를 짓다 서울을 거쳐 지금은 인천에 살고 있다는데, 한글교실에 다니면서 시를 쓰기 시작했다. 이 할매를 다룬 〈황보출, 그녀를 소개합니다〉(지민 감독, 2007)라 는 짧은 다큐멘터리가 있다. 거기서 황보출 할매는 이런 말을 했다.

"땅도 그래. 땅도 아무 욕심도 없어. 암만 사람이 후벼 파 고 생살을 내 먹어도 니 와 그리 많이 내 먹노 카나. 말이 없잖 아. 땅이 최고 진실하지."

할매들이 딱 그런 삶을 살았다. 농사를 지어도 자신들이 먹 기 위해서가 아니라 자식들에게 퍼 주기 위해 짓는다. 자신의

살을 파서 자식들에게 내주는 셈이나 마찬가지다. 윤금순 할
매의 시 한 편을 더 보자.

여시고개 넘어가면

불맷동산

산밭을 이뤘는데

경사진 밭이라 차도 못 올라가고

고추 심굴라믄

망오를 등에 업고 가고

고구마 심굴라고 물 질어 올리면 어깨가 아퍼

칡이 성해서 넝쿨이 올라오믄

밭 가상까지 다 캐내고 찍어내도

열한 간데로 뻗은께 잡도 못한디

나 혼자만 되믄 안 가꾸겠는디

고치 갈고 깨 갈고 고구마 놓고

가꾸어서 새끼들 줘야겄다 싶네

선산이 거기 있고

영감도 아들도 다 거가 있은게

고구마라도 캐서 끌고 와야 한디

감나무까지 다 감아올라간 칡넝쿨도

낫으로 탁탁 쳐내야 한디

내년엔 농사를 질란가 안 질란가

몸땡이가 모르겠다고 하네

— 윤금순, 「선산이 거기 있고」 전문

　윤금순 할매의 큰아들은 사고로 일찍 죽었고, 이듬해에는
남편마저 화병을 안은 채 저세상으로 떠났다. 두 사람이 묻힌
선산 앞자락에 할매가 가꾸는 밭이 있다. 할매는 밭에 가도
무덤 쪽으로는 발걸음을 하지 않는다. 생각만 해도 설움이 차
오르니 부러 외면하는 것이다. 그러면서 남은 자식들에게 퍼
줄 작물을 가꾸느라 애를 쓴다. 시집간 딸이 내려와 하룻밤을
지내며 내년부터는 절대로 작물을 심지 않겠다는 서약서를
작성해서 엄마에게 서명을 받아 낸다. 할매는 정말 서약서대
로 더 이상 힘든 농사를 짓지 않게 될까? 엄마의 시를 마지막
행까지 다 읽은 딸이 "뭘 몰라 모르긴. 당연히 짓지 말아야지"
라고 했을 때 "몸땡이가 모른다고 안 하나?"라고 했던 할매다.
삶이 다하는 날까지 할매들은 그렇게 힘들여 농사짓고 틈틈
이 시를 쓸 것이다.

곡성 할매들이 쓴 시는 『시집살이 詩집살이』(북극곰, 2016) 라는 시집으로 묶여 나왔고, 마을 곳곳의 담장은 벽화로 만든 할매들의 시가 차지하고 있다. 그 덕에 할매들이 사는 마을은 '시인의 마을'이라는 이름을 얻기도 했다. 앞서 소개한 다큐멘터리에서 황보출 할매는 또 이렇게 말했다.

"마음도 무겁고 얼굴도 무겁고 이랬거든. 글을 쓰니까네 시원해. 마음이 편안하고. 누구한테 설움당한 거 한이 맺혀가 있는데 글을 쓰니까네 다 풀어나와지더라고."

할매 말에 따르면 시는 풀어내는 거다. 풀어내는 데 따로 정해진 규칙이 있을 리 없다. 시에서는 비유가 중요하다는 말을 많이 하지만 할매들의 시에서 신박한(?) 비유 같은 걸 찾기는 힘들다. 군이 그런 시적 장치를 동원하지 않아도 시가 된다는 걸 할매들의 시가 보여 주고 있다. 잘 살고 잘 견딘 삶을 흰 눈이 사박사박 내려서 덮어 주는 풍경을 상상하며 나는 할매들의 삶을 할매들 스스로 위로해 주고 있다는 생각을 했다.

3.

내 앞에는 지금 몇 권의 시집이 놓여 있다. 공고 학생들이 쓴 시를 모은『내일도 담임은 울 삘이다』(나라말, 2011), 세월호 희생 학생의 어머니 유인애 씨가 쓴『너에게 그리움을 보낸다』(굿플러스북, 2017), 댓글 시인으로 알려진 제페토의『그 쉿물 쓰지 마라』(수오서재, 2016) 등이다. 이른바 등단이란 걸 했다고 알려진 시인들의 작품집이 아니다.『내일도 담임은 울 삘이다』를 읽다가 지도교사가 쓴 아래 글에 눈길이 머문다.

시 쓰기를 세 해째 하던 어느 가을날, 수업 시간에 내가 이런 말을 했다.
"우리 학교 학생들은 생활시를 참 잘 써요."
그랬더니 전자과 3학년 김상진이 이렇게 말했다.
"샘, 왜 그런지 알아요? 우리가 겪은 것이 많아서 그래요."

어른들만 사연이 있는 게 아니다. 아이들 역시 살아가는 일이 만만찮고, 현실에서 다양한 갈등과 좌절을 경험한다. 이들이 겪은 일에 어떤 것들이 있을까? 시집 속에는 가족과의 갈등이나 알바를 하면서 겪은 일, 공고생의 비애 등이 빼곡하다. 그중에서 한 편만 소개한다.

내가 공고에 다닌다고

그렇게 쳐다볼 일 아니잖아

내가 공고에 다닌다고

그런 말 해도 되는 거 아니잖아

그런 어른들의 시선이

우릴 비참하게 만들잖아

너희 학교는 공고니까

비웃듯 말하는 네 표정이

너랑 나랑 이제 다르다는 말투가

'내가 왜 그랬지'라는

하지 않아도 될 생각을 하게 만들잖아

자꾸 그렇게 날 볼수록 정말 난,

네가 말하는 내가 되어 가고 있잖아

— 정준영, 「너희들의 시선」 전문

시에 대한 감상은 굳이 덧붙일 필요가 없겠다. 나 역시 저
런 시선을 보낸 적은 없는지 돌아보는 일만 잊지 않으면 될

터이다.

겪은 것이 많아서 시를 잘 쓴다는 학생의 말은 유인애 씨가 쓴 '작가의 말'에 나오는 내용과 겹치는 지점이 있다.

어느 날 동생이 이야기하더군요. "언니, 너무 슬퍼하지 말고 잊지 못하는 사랑을 글로 써"라고. "그러면 마음의 치유가 될 것 같다"고. "다른 방도는 없어" 하며 권유하기에 시작된 엄마의 마음입니다.

세월호 참사로 금쪽같은 딸을 잃은 엄마는 측량할 길 없는 슬픔을 한 권의 시집에 담았다. 살아가는 동안 몸과 마음에 맺힌 사연 하나 없는 사람이 어디 있으랴만, 그 사연을 밖으로 풀어내지 않으면 병이 들고 만다. 유인애 씨의 동생이 시를 쓰라고 권유한 건 그런 면에서 적절한 조언이었다.

제페토를 댓글 시인이라 부르는 이유는, 인터넷 기사 밑에 다는 댓글을 시라는 형식을 빌려 표현하고 있기 때문이다. 표제시는 2010년 당진에 있는 제철소에서 일하다 용광로에 떨어져 숨진 청년 노동자를 다룬 기사 밑에 달렸던 작품이다. 그 시를 본 사람들이 너무 마음이 아프다며 여기저기 퍼 나르면서 삽시간에 시와 제페토라는 사람이 널리 알려졌다. 한 편의 시가 수많은 사람들의 마음을 울린 것이다. 제페토라는 닉네임을 쓰는 사람은 지금도 자신의 이름은 물론 얼굴도 드러내지 않고 있다. 하지만 그가 쓴 시는 사람들의 가슴을 파고들었고, 노래로도 만들어졌다. 시의 힘은 물리적인 것은 아니지만 그렇게 사람들의 마음을 흔드는 파고를 지니고 있다.

공고 학생들과 유인애 씨가 자신들의 사연을 시로 만들었다면, 제페토는 다른 이들의 사연을 시로 만들었다. 내 사연이든 남의 사연이든, 사연은 이른바 곡절을 담고 있다. 곡절(曲折)이라는 한자어를 뜻 그대로만 보면 굽고 꺾인 것을 말한다. 제대로 뻗어 나가지 못했다는 말이다. 부유한 집안에서 별 어려움 없이 곧게만 자란 사람에게서는 시가 나오기 쉽지 않다. 풀어낼 게 많은 사람일수록 시의 세계에 접근하기 쉽고, 다른 사람이 쓴 시에 대한 공감력도 높기 마련이다.

갈수록 살아가는 일이 힘들어진다는 얘기를 많이 듣는다. 국민소득 3만 달러가 넘었다는 말 뒤에 가려진 그늘투성이 삶이 얼마나 많은가. 김종삼(1921~1984) 시인은 '엄청난 고생 되어도／순하고 명랑하고 맘 좋고 인정이／있으므로 슬기롭게 사는 사람들이／그런 사람들이／이 세상에서 알파이고／고귀한 인류이고／영원한 광명이고／다름 아닌 시인이라고.'(「누군가 나에게 물었다」) 말했다.

시는 꼭 전문적인 훈련을 거친 시인만 쓰는 건 아니라는 말을 하려다 보니 사설이 길어졌다. 시를 안 쓰고 안 읽어도 세상을 사는 데는 별 지장이 없다. 실제로 많은 사람들이 시와 동떨어진 삶을 살고 있기도 하다. 그래도 시가 필요한 이유가 뭐냐고 묻는다면, 지금 살고 있는 것보다 조금 더 풍요로운 삶을 살 수 있기 때문이라고 대답하겠다. 여기서 말하는 풍요로움이 물질적 풍요를 가리키는 게 아님은 물론이다. 가끔 학생들을 대상으로 하는 강의를 나가면 이렇게 묻곤 한다. 친구나 애인을 사귈 때 송곳으로 찔러도 피 한 방울 안 나올 것 같은 사람과 사귀고 싶은가, 아니면 내가 힘들거나 슬플 때 옆에서 따뜻한 말로 위로해 주는 사람과 사귀고 싶은가? 백이면 백, 같은 대답을 내놓기 마련이다. 나는 왜 이렇게 너무 뻔한 질문을 던지는 걸까? 사람마다 지니고 있는 감정의 폭과 깊이가 다를 텐데, 감정도 지속적인 훈련에 의해 양과 질을 신장시킬 수 있다. 그럴 때 효과적인 훈련 수단 중의 하나가 바로 시라는 말을 하고 싶었던 거다. 시를 많이 읽는 사람일수록 감정의 부자가 될 수 있지 않을까?

시가 세상을 바꿔 내지는 못한다. 하지만 적어도 내 삶은 바꿔 낼 수 있다고 믿는다. 내 삶이 바뀌고, 내 친구의 삶이 바뀌고, 내 이웃의 삶이 바뀌면 지금보다는 조금이라도 나은 세상이 만들어질 수 있지 않을까? 시를 통해 그런 꿈을 꾸어 보는 것도 나쁘지는 않을 듯싶다.

시인은

어떻게 사는가?

시인의 사랑
김양희 감독, 2017

시인이라고 하면 어떤 이미지를 떠올리게 될까? 가난하지만 순정을 가진 사람? 대책 없이 낭만적인 사람? 시대의 아픔을 짊어진 표정으로 고뇌하는 사람? 일탈을 즐기고 괴팍한 행동을 일삼는 사람?

저마다 다르긴 하겠으나 고급 승용차를 타고 다니며 골프를 즐기는 사람을 떠올리지는 않을 듯하다. 시인은 모름지기 이래야 한다고 못 박아 놓은 규정 같은 건 없지만, 통념상 시인은 부와 권력으로부터 멀어야 한다는 생각이 널리 퍼져 있다. 시인 중에도 부자인 사람이 없지 않으며 국회의원이나 장관을 한 사람도 있다. 외국의 사례로는 대통령까지 지낸 체코의 하벨 시인도 있다. 그래도 시인이라고 하면 대체로 가난을 먼저 떠올리게 되고, 실제로 그렇게 곤궁한 삶을 살다 간 시인들이 많기는 했다.

제대로 된 직업이 없거나 돈과는 거리가 먼 무능력자에 궁상이나 떠는 게 시인이 지닌 모습의 전부일 리는 없지만, 딱 그런 유의 시인이 영화 〈시인의 사랑〉에 등장한다. 앞서 말한

대로 시인은 이런 존재일 거라는 통념에 충실한 설정이라고 하겠다. 주인공인 현택기(양익준)는 등단은 했으나 별다른 주목을 받지 못하고 있으며, 합평회에 참여한 동인에게서 예쁘기만 한 꽃이 무슨 힘이 있겠냐며 삶의 아름다움과 비애가 동시에 내재된 시를 써 보라는 충고를 받는다. 친구로부터는 네가 쓰는 시는 무슨 말인지 하나도 모르겠다는 말도 듣는다. 생활인의 의무라고 할 벌이라고 해 봤자 초등학교 방과후 교사로 받는 월 30만 원이 전부다. 그런 처지에도 다행히 결혼은 했고, 생활은 아내 강순(전혜진)이 대신 책임지고 있다. 택기는 가끔 귀여운 모습을 보여 주고, 순정하고 착한 남자라는 이미지를 연출하기도 하지만, 그래 봤자 무능력한 가장이라는 틀에서 벗어나지는 않는 인물이다.

여자는 무얼 보고 가난한 시인에게 마음을 빼앗겼을까? 언변이 좋거나 외모가 잘생긴 것도 아닌데 말이다. 영화 속에서 여자가 남자에게 마음을 주게 된 계기를 설명하는 대목이 나온다. 잠시 자리를 비운 사이에 자신을 만나러 왔던 남자가 그냥 돌아갔다는 얘기를 들은 여자는 곧바로 남자 뒤를 쫓아간다. 뒤에서 몰래 따라가다 보니 버스 정류장까지 가는 짧은 길인데도 남자의 발걸음이 무척이나 느리더란다. 꽃가게 앞 화분 앞에 앉아 열매를 만져 보며 냄새를 맡고, 맨날 보는 가로수를 입 벌린 채 한참이나 쳐다보고, 초등학생들이 주고받는 말을 귀담아듣는 모습을 보며 이렇게 생각했단다. '아, 시인의 세상은 다르구나.' 그렇게 생각했던 시인의 세상이 장차 자신의 발목을 잡게 될 줄도 모르고! 여자는 아이를 낳고 싶어 인공수정까지 요구하지만, 남자는 아이 낳아 기를 자신이 없다며 망설인다.

그러던 중 남자는 도넛 가게에서 알바를 하는 한참 어린 청년 세윤(정가람)에게 마음을 빼앗기게 된다. 청년의 아버지는 오랫동안 병석에 누워 있고, 어머니는 병든 남편과 학교도 휴학하고 알바를 하는 자식을 매정하게 대한다. 당연히 청년의 심리는 불안하고 술에 취해 방황도 한다. 남자는 그런 청년에게 호의를 베풀고 사랑하는 마음까지 전하지만, 청년은 자신이 동정의 대상이 된 게 아닌가 싶어 거부감을 보인다. 그런 과정을 거쳐 청년도 차츰 남자의 마음을 받아들이기 시작하고, 이 무렵부터 남자의 시가 조금씩 변한다. 청년이 남자에게 시적 영감을 불어넣어 주는 존재가 된 것이다.

"하지만 세상에서 자기 혼자밖에 없다고 생각하는 사람에게 뭐가 필요한지 정도는 나도 알고 있어. 그건 한 사람이야. 무슨 일이 있어도 같이 있어 줄 단 한 사람. 그런 사람이 곁에 있으면 그 사람은 망가지지 않아."

택기가 아버지 상을 당한 세윤에게 건넨 말이다. 세윤에게 '단 한 사람'이 되어 주고자 했던 택기의 마음은 진심이었을 것이다. 하지만 택기에게도 '단 한 사람'이 되어 주고픈 사람이 있었으니, 그건 택기밖에 모르는 아내 강순이다. 여자의 촉은 속일 수 없다고 했던가. 남편에게 미묘한 변화의 기류가 생긴 걸 감지한 아내는 남편을 추궁한 끝에 둘 사이의 관계를 알아낸다. 남편에게 임신 사실을 알리며 가정을 지켜 달라고 하지만 남편은 끝내 청년과 함께 살 생각으로 집을 나간다. 가방을 싸 들고 집을 나서는 남편 앞에서 무릎까지 꿇어 가며 제발 나가지 말라고 빌어 보지만 매정하게 뿌리친다. 참 무책임하고 나쁜 남자다.

남자 시인 중에 나쁜 남자가 한둘일까? 나쁜 남자까지는 몰라도 한심한 남자는 넘칠 만큼 많지 않을까 싶다. 당연히 나도 그런 무리에 속한다는 사실을 미리 밝혀 두는 게 좋겠다. 정희성(1945~현재) 시인이 『돌아다보면 문득』(창비, 2008)이라는 제목의 시집을 내면서 나름대로는 파격을 시도한 작품을 몇 편 실었다는 말을 한 적이 있다. 그중의 한 편을 소개한다.

누가 듣기 좋은 말을 한답시고 저런 학 같은 시인하고 살면 사는 게 다 시 아니겠냐고 이 말 듣고 속이 불편해진 마누라가

그 자리에서 내색은 못 하고 집에 돌아와 혼자 구시렁거리는데
학 좋아하네 지가 살아봤냐고 학은 무슨 학, 닭이다 닭, 닭 중에
서도 오골계(烏骨鷄)!

—「시인 본색」 전문

　파격이라기보다는 해학을 담은 시라고 하겠지만, 나 또한
비슷한 경험을 해 본 터라 읽으면서 고개를 끄덕여야 했다. 언
젠가 아내가 동료들과 이런저런 이야기를 나누다가 무심결에
내가 시인이라는 이야기를 했단다. 그랬더니 동료들의 눈빛이
돌연 달라지면서 시인하고 사는 여자들은 과연 어떤 여자들일
까 궁금했다며 선망의 눈길을 보내더라는 거다. 여성들에게
는 그래도 아직 시인이라는 이름이 주는 어떤 신비감 같은 게
남아 있는 모양이었다. 그 말을 들은 아내의 반응은 어땠을까?
"시인? 흥! 그래 니가 한번 살아 봐라"였다고 하니 어쩜 정희성
시인 사모님의 반응과 그리도 똑같은지 모르겠다.

　밖에서는 가끔씩이나마 존경스러운 눈길을 받을지 몰라도
집안에서는 오골계만도 못한 존재가 시인일 수도 있겠다. 집
안 살림하는 여자 입장에서 남편이 매사를 시처럼 살면 그게
어디 사람 사는 거겠는가. 시인이랍시고 생색은 밖에서 다 내
고, 안에서는 여자가 모든 자질구레한 일을 맡아서 하는 일상

을 평생 끌어가야 한다고 생각해 보라. 정희성 시인은 술이라도 적게 드시지, 나라는 인간은 허구한 날 글쟁이들 만나 모임 한답시고 나가 술에 취해 들어오기 일쑤니, 오골계 대접만 받아도 황송할 따름이다.

나도 시인으로 등단을 했으니 의무감에라도 시를 쓰고 시집도 펴낸다. 열심히 좋은 시를 쓰고 싶지만 그거야 내가 지닌 능력만큼만 할 수 있을 뿐이어서 여전히 변방의 시인으로 지내는 중이다. 그나저나 아내는 내가 시집을 낼 때마다 혹시 이렇게 생각하고 있는 건 아닐까?

"오골계 주제에 그래도 알은 낳는 모양이네."

영화 속에서 아내는 젊은 남자와 사랑에 빠진 시인 남편에게 이렇게 일갈한다.

"사람 구실하게 만들어 줬더니 병신 육갑하고 있네."

훅 치고 들어오는 영화 속 저 대사를 들으면서 떨리는 가슴을 쓸어내리던 남자 시인들도 있지 않았을까? 그건 그렇고 영화는 어떻게 끝났을까? 세윤은 둘이 멀리 가서 함께 살자는 택기의 제안을 뿌리친다. 택기는 어쩔 수 없이 집으로 돌아가고, 시간이 지나 아기 아버지가 되어 돌잔치를 한다. 시집을 내서 유명한 상도 받는다. 그러다가 시집을 부치기 위해 퀵배달을 불렀는데, 마침 퀵 배달원이 된 세윤을 다시 만나게 된다. 그 자리에서 자신의 아내가 세윤을 찾아가 임신 사실을 알렸고, 아기 때문에라도 택기를 집으로 돌려보내야 한다는 판단을 내렸다는 사실을 전해 듣는다.

자신도 모르게 빨려 들어갔던 격랑의 시간을 보내고 가정으로 돌아온 택기는 시 한 편을 쓴다.

희망

이젠 아무런 일도 일어날 수 없으리라
언제부턴가 너를 생각할 때마다 눈물이 흐른다
이젠 아무런 일도 일어날 수 없으리라

그러나
언제부턴가 아무 때나 나는 눈물 흘리지 않는다

영화에서는 주인공이 집 거실에서 아기를 재워 놓고 탁자 앞에 앉아 쓰는 걸로 나오지만 실제로는 요절한 기형도 (1960~1989) 시인의 작품을 차용한 것이다. 기교나 완성도로 보면 기형도의 다른 시들에 비해 그다지 높은 점수를 주기는 힘들다. 그래서인지 유고 시집인 『입 속의 검은 잎』(문학과지성사, 1989)에는 이 시가 실려 있지 않다. 나중에 『기형도 전집』(문학과지성사, 1999)을 내면서 싣게 됐는데, 내 짐작으로는 습작 노트에 있던 걸 발견해서 추가한 작품으로 보인다. 나는 높은 점수를 주기 힘든 작품이라고 했지만 그건 어디까지나 내 주관적인 판단이고, 독자에 따라 얼마든지 다른 평가를 내릴 수도 있다. 시는 전체를 보면서 이해하고 감상하기도 하지만 때로는 한두 줄에 마음이 꽂히기도 하는 법이다.

인용한 시를 영화와 관련지어 생각해 보면, 한바탕 격정의 회오리가 지나간 다음의 내면 풍경을 은유하는 것으로 읽을 수 있겠다. 그렇다면 이제 영화 속 주인공 현택기는 시인이자 생활인으로 완전히 돌아온 걸까? 그래서 시도 달라지게 될까? 상금으로 받은 3천만 원을, 다시 찾아온 청년에게 고스란히 건네주는 모습에서 여전히 무대책을 발견한다. 그게 감독의 눈으로 볼 때 시인이라는 존재에게 어울리는 모습이라고 여길 수도 있겠으나, 그건 어디까지나 영화라서 그런 게 아닐까? 여전히 백수를 벗어나지 못한 것 같은데, 고생하는 아내에게 상금을 한 푼도 안 건넨다고? 더구나 이제 아이까지 태어났으니 명실공히 가장 노릇을 해야 할 텐데 말이다. 그러니 시인의 아내들이 시인 남편을 향해 코웃음을 날리는 것도 충분히 이해할 만한 일이겠다. 영화에서 인용한 기형도 시인의

'언제부턴가 아무 때나 나는 눈물 흘리지 않는다'라는 시 구절이 주인공의 내적 성숙을 암시하는 것처럼 보이지만, 내가 보기에는 아직도 한참 멀었다.

시 안에 구원의 길이 있을 거라고 믿는 건 자유겠으나, 시와 시인의 삶은 엄연히 다르다. 일제 식민지 시기에 이육사나 윤동주 시인처럼 올곧은 지조와 정신을 지니고 살아간 이들도 있지만 보통의 시인들은 때로, 아니 자주 이기적이다. 시는 믿되 시인은 믿지 않는 게 현명한 태도일 수도 있겠다는 말이다. 내가 자주 반성하는 흉내를 내는 이유도 상당 부분 그런 지점에 닿아 있다. 시인도 굳센 생활인이 될 필요가 있다. 시와 생활이 어쩔 수 없이 분리될 때가 없는 건 아니나 둘이 함께 가지 못할 이유가 없다. 늘 고뇌만 하고 있는 것처럼 보였던 김수영(1921~1968) 시인도 생활을 꾸려 가기 위해 억척스레 번역에 매달렸고, 아내와 함께 양계장 운영에 힘을 쏟았다. 그러니 시인들이여, 무능력을 시인의 징표라는 식으로 치장하지는 말지어다.

이 영화는 제주도를 배경으로 하고 있으며, 제주 출신으로 지금도 제주에 살고 있는 현택훈(1974~현재) 시인을 모델로 삼았다. 김양희 감독이 제주로 이주해 살다 현택훈 시인을 알게 됐고, 그러면서 제주에 사는 시인을 주인공으로 삼은 영화를 구상하게 됐다고 한다. 현택훈 시인이 모델이라고 했지만 영화 속 인물과는 당연히 많은 부분에서 다르다. 현택훈 시인은 역시 시를 쓰는 아내 김신숙 시인과 함께 '시옷서점'이라는 작은 시집 전문 서점을 운영하며 열심히 살고 있다. 영화 초반에 현택훈 시인의 시 「내 마음의 순력도」가 나온다. 제주에서 살아가는 시인이 버스를 타고 가는 동안 불러들인 상념을 펼쳐 놓은 작품이다.

이 시 말고도 「마음의 곶자왈」이라는 시도 삽입되어 있는데, 곶자왈은 제주의 원시림 숲을 이르는 말이다. 영화 속에서 택기와 세윤이 곶자왈 숲을 거니는 장면도 나온다. 그리고 곶자왈은 아내가 택기의 바람을 눈치채는 소재로도 활용된다. 택기의 시작 노트를 훔쳐본 아내가 '나는 너에게 곶자왈이 되고 싶다'라는 구절을 짚어 가며 이건 연애시가 틀림없으니 상대가 누구인지 밝히라고 추궁하는 장면이 나온다.

영화를 만들기 전에 감독의 마음속에 가장 먼저 자리 잡고 있었던 건 김소연(1967~현재) 시인의 '잘 지내요/그래서 슬픔이 말라 가요'라고 시작하는 「그래서」라는 제목의 시였다. 평소 시를 어려워하던 감독은 제주에 살기 시작하면서 시를 자주 읽고 혼자 낭독도 하면서 시를 즐기기 시작했다. 그러면서 만난 게 김소연의 시였고, 이 시가 시나리오를 구상하는 데 많은 도움을 주었다고 한다. 시에 담긴 내용보다는 시의 밑바탕에 깔린 정서가 영화를 이끌어 가는 힘으로 작용하고 있다는 걸 영화를 보면 알 수 있다. 당연히 영화 안에도 이 시가 들어가 있고, 개봉 전에 주인공 양익준을 비롯해 배우 박정민, 김새벽, 안재홍, 오정세, 이상희, 신민철, 이수경, 심희섭이 릴레이로 이 시를 낭독하는 영상을 찍어 공개하기도 했다.

현택훈, 김신숙 부부가 '시옷서점'을 운영한다고 했는데, 김소연 시인은 『시옷의 세계』(마음산책, 2012)라는 산문집을 낸 적이 있다. 우연의 일치일 수도 있겠으나 참 재미있는 일이다. 시옷은 시에 옷을 입힌 걸까? 그렇다면 김양희 감독이 만든 〈시인의 사랑〉도 시의 옷을 입은 영화라고 할 수 있겠다.

시를

아는 것과 쓰는 건

다르다

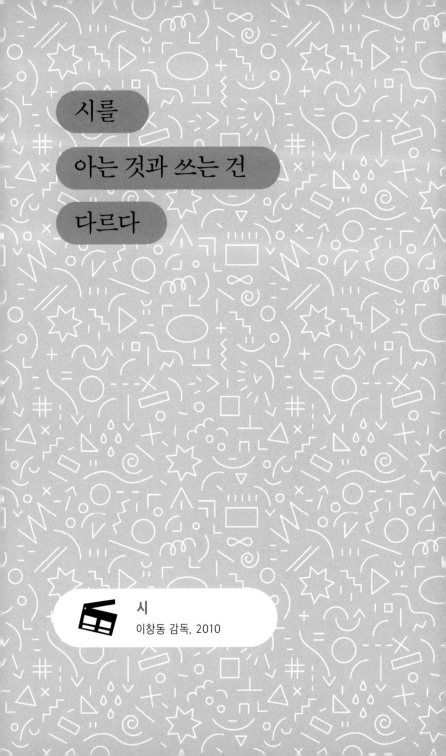

시
이창동 감독, 2010

이창동 감독은 영화를 만들기 전까지 꽤 좋은 평가를 받던 소설가였다. 소설가였던 사람이 어느 날 '소설'이 아니라 '시'라는 제목으로 영화를 만들었다. 소설과 시를 겸해서 쓰는 작가들도 있고, 소설가가 시인보다 시를 더 잘 이해할 수도 있다. 그러니 이창동 감독이 '시'를 제목으로 내세운 영화를 만들었다는 것 자체가 이상할 건 없다. 오히려 소설가이면서 영화감독인 사람은 시를 어떻게 이해하고 있을까 하는 궁금증을 불러일으키기도 했다.

이창동 감독은 이 시대를 시가 죽어 가는 시대라고 했다. 그러면서 시가 죽어 가는 시대에 시를 쓴다는 건 무얼 의미하는지 영화를 통해 질문을 던져 보고 싶었다고 했다. 시가 죽어 가는 시대라는 규정에 대해서는 사람마다 달리 생각할 수도 있겠으나, 그런 인식의 차이가 썩 중요한 건 아니다. 영화에는 섬진강 시편으로 유명한 김용택(1948~현재) 시인이 직접 시 창작 강사로 등장한다. 시 낭송회 뒤풀이 자리에 참석한 김용택 시인이 요즘은 시가 죽어 가는 시대라는 말을 하고,

함께 카메오로 등장한 젊은 시인 황병승(1970~2019)은 "에이, 시 같은 건 죽어도 싸"라는 말을 던진다. 시의 사회적 효용성이 사라지고 있다는 걸 전하는 장면이겠으나, 영화 속에서 보듯 그래도 시를 읽고 쓰겠다는 사람들이 많다는 것 또한 분명한 사실이다.

시는 어떻게 써야 하는가? 김용택 시인은 시 창작 강의 첫 시간에 시를 쓰기 위해서는 잘 봐야 한다고 말한다. 그러면서 준비해 온 사과를 들어 보이고는 "여러분은 지금까지 사과를 한 번도 본 적이 없어요" 한다. 어리둥절한 표정을 짓는 수강생들에게 "사과를 알고 싶어서, 관심을 갖고 이해하고 싶어서, 대화하고 싶어서 보는 게 진짜로 보는 것"이라는 설명이 뒤따른다. 진짜로 보면서 느껴지는 걸 적는 것, 그게 시라는 얘기다. 초보자들을 위한 창작 강의 시간에 흔히 들을 수 있는 내용이다. 문제는 아는 것과 실제로 창작하는 건 다르다는 사실이다. 강의를 듣고 온 날 주인공 양미자(윤정희)는 식탁 위에 있는 사과를 들고 요모조모 뜯어보며 생각을 궁굴리려 하지만 시상 같은 게 떠오를 리 없다. 결국 과도로 사과를 깎으며 사과는 역시 보는 것보다 깎아 먹는 거라는 단순한 진리(?)를 확인하고 만다.

미자는 중학교에 다니는 손자와 둘이 산다. 손자와 친구들이 같은 학교에 다니는 여학생을 성폭행했고, 그로 인해 여학생이 투신자살했다는 사실이 드러나면서 영화는 미자의 시 쓰기와 여학생의 자살을 둘러싼 사건이 두 축을 이루며 전개된다. 손자는 아무런 죄의식이 없고, 성폭행에 가담한 남학생의 아버지들은 한결같이 사건의 무마에만 신경 쓴다. 혼란은 오로지 미자만의 몫이다. 혼란한 와중에도 미자는 시 낭송회를 찾아다니거나 수첩을 들고 다니며 시상에 도움이 될 만한 장면을 보면 메모한다. 성폭행과 그에 따른 여학생의 자살 사건은 어떻게 마무리될까? 미자는 과제로 주어진 한 편의 시를 완성할 수 있을까? 두 개의 궁금증을 안고 관객들은 영화를 지켜본다.

꽃 좋아하고 가끔 이상한 소리 잘한다는 딸의 말에 스스로 시인 기질이 있다고 믿는 미자. 하지만 시는 좀체 풀리지 않는다. 소녀 같은 감수성이나 남들과 다른 엉뚱한 구석이 있다고 해서 누구나 시인이 되는 건 아니기 때문이다. 그런 건 오히려 시와 시인에 대한 세간의 오해나 편견에 지나지 않을 수 있다.

"시상은 언제 찾아오나요?"

미자의 질문에 김용택 시인은 시상은 스스로 찾아오지 않으며 직접 찾아가야 한다고 말한다. 어디에 있는지는 모르나 멀리 있는 건 아니라는 말과 함께. 말은 쉬우나 그걸 실현해 내는 건 무척 어려운 일이다. 그 길을 찾아가는 게 이 영화의 핵심을 이루고 있는 셈이다.

미자는 시상을 찾기 위해 수첩을 들고 다니며 메모를 한다. 나무 위에서 새들이 지저귀는 소리를 듣다 '새들의 노래 소리 무엇을 노래하나'라고 적는 식이다. 하지만 '무엇'을 발견하거나 만들어 내지 못하는 한 메모는 단지 메모로 머물 뿐 시로 발전할 수 없다. 초보자들은 대개 거기서 막히는 법이다. 미자는 자살한 여학생의 어머니를 찾아간다. 사건이 공개되지 않도록 하려면 최대한 빨리 피해자 어머니와 합의를 하는 게 최선이라는 판단을 내린 가해자 아버지들이 미자에게 그런 역할을 떠맡겼기 때문이다. 농사를 짓는 피해자 어머니를 찾아가던 미자는 중간에 살구나무 아래서 발걸음을 멈춘다. 떨어진 살구 하나를 집어 들어 맛을 본 미자는 수첩을 꺼낸다.

살구는 스스로 땅에 몸을 던진다
깨여지고 밟핀다
다음 생을 위해

맞춤법은 틀렸지만 이전의 메모에 비해서는 시에 한 발짝 더 다가섰다. 한편으론 강물에 스스로 몸을 던진 여학생에 대한 은유로 읽히기도 한다. 물론 '스스로'라는 말이 여학생의 상황과 결단에 그대로 들어맞는 건 아니다. 스스로 몸을 던진건 맞지만, 그런 선택을 할 수밖에 없도록 몰고 간 폭력을 소거하면 왜곡된 진실만 남게 된다. 미자는 아직 시를 쓸 준비가 되지 않았다. 어느 날은 여학생이 몸을 던진 다리를 찾아가 수첩을 꺼내 들지만 때마침 내린 비가 수첩을 적시는 바람에 한 글자도 적지 못한 채 돌아온다. 메모지 위로 점점이 번지던 빗방울이 억울함과 고통을 풀지 못하고 간 여학생의 눈물은 아니었을까?

미자는 손자가 자신의 죄를 깨닫고 고백해 주기를 바란다. 직접 추궁하는 대신 여학생의 사진을 일부러 식탁에 올려 두는 등 여러 차례 암시를 주지만 손자에게선 아무런 반응이 없다. 손자가 지은 죄에 대해 혼자 괴로워하며 죽은 소녀에게 용서를 구하고 싶어 하는 미자. 결국 미자는 손자를 고발해서 경찰에 넘긴다. 영화 속에서 직접 고발하는 장면은 나오지 않지만, 관객은 미자가 고발했다는 걸 충분히 짐작할 수 있는 장치를 마련해 두었다.

이때 미자가 도움을 청했을 것으로 짐작되는 중년의 경찰관이 있다. 그런데 이 경찰관이 참 독특한 인물이다. 시 낭송회 행사에 참석해서 마이크를 잡고 천연덕스럽게 음담패설을 늘어놓는다. 그것도 두 차례나. 미자가 다른 여성 참가자에게 저런 행위는 시를 모독하는 거 아니냐고 하자, 그래도 순수한 분이고 서울에서 경찰 비리를 고발하는 바람에 찍혀서 시골로 내려왔다며 두둔하는 대답이 돌아온다. 이 경찰관은 술을 못 마신다는 미자에게 술을 권하며 시를 쓰려면 술을 먹든지 연애를 하든지 해야 한다는 얘기도 한다. 시에 대한 그릇된 통념을 가진 사람이야 많으니 그럴 수도 있다고 하겠지만, 시 낭송회 무대에서 아무렇지도 않게 음담패설을 떠벌려도 다수의 여성 청중이 웃음으로 화답하는 장면은 이해하기 어렵다. 현실에서 그런 일이 전혀 없으리란 법은 없지만, 그런 식의 인물과 상황 설정이 꼭 필요했는지는 여전히 의문이다. 이창동 감독이 소설을 쓰면서 문단 생활을 하던 예전에는 그런 식의 풍경이 있었을 수도 있다. 하지만 과거의 기억과 현재의 풍경이 같을 수는 없다. 세상이 달라진 만큼 사람들의 인식도 달라졌고, 문단의 풍경도 변했다.

　이런 식으로 납득하기 어렵거나 굳이 그렇게 불편한 설정을 하지 않아도 되는데 무리하게 삽입한 장면이 하나 더 있다. 시 창작 강좌를 할 때 수강생들이 앞에 나와 '내 인생의 아름다웠던 순간'이라는 주제로 각자 자신의 사연을 말하는 장면이 있다. 시를 쓰기 전에 소재가 될 만한 이야기를 끄집어내도록 하기 위해 종종 사용하는 방법이다. 여러 명의 발표자를 등장시키면서 배우 본인이 실제로 겪은 이야기를 하도록 했는데, 미자와 다른 한 명의 수강생 사연만 감독이 창작했다고 한다. 창작된 사연은, 유부녀 수강생이 유부남을 만나 불륜을 저질렀으며, 성질이 더러운 남자였음에도 잠자리를 나눈 기억이 지워지지 않고 자꾸 생각이 난다는 이야기였다. 그래서 괴롭지만 그런 괴로움도 아름답다고 생각한다는 말로 발표를 마쳤다. 여자는 나쁜 남자에게 끌린다? 그동안 수없이 비판되어 온, 여성 멸시에 기반을 둔 남성 중심의 가설 아니었던가. 나에게는 나이 든 남자 감독의 왜곡된 성의식과 여성관이 가감 없이 드러난 장면으로 다가왔다. 나 스스로 도덕주의자라고 생각하지 않음에도 그랬다. 영화 전개상 꼭 필요한 장면도 아닌 듯하고, 낯선 사람들이 모인 공개적인 자리에서 여성이 그런 고백을 하는 것도 쉬운 일이 아닌데 왜 하필이면 그런 사연을 집어넣었을까?

나는 그동안 이창동 감독의 영화를 보며 종종 불편함을 느껴 왔다. 예를 들자면, 〈오아시스〉에서 뇌성마비를 앓는 여성 장애인이 자신을 강간하려 한 남자에게 사랑을 느끼도록 한 설정은 아무리 생각해도 지나쳤다고 생각한다. 여주인공 역을 맡았던 배우 문소리도 납득이 안 돼 감독과 싸우다시피 하며 격렬하게 토론했다는 이야기를 한 적이 있다.

선한 인간의 마음속에 악함이 들어 있을 수 있고, 반대로 악인의 마음속에도 선함이 자리 잡고 있을 수 있다. 그런 인간 내면의 복합성을 이해 못 할 바는 아니다. 하지만 이야기 전개에는 개연성이 있어야 하고, 극의 흐름과 불협화음을 이루거나 불필요한 장면은 무리하게 삽입하지 말아야 한다. 인간이 단일한 의식을 가진 존재가 아닌 건 분명하지만, 그렇다고 해서 사이코패스가 아닌 한 아무 때나 그런 이중성을 표출하는 건 아니다. 가해자 아버지들이 피해자의 고통은 외면하고 자신의 자녀만 보호하려는 이기적인 모습, 미자가 합의금을 마련하기 위해 간병하던 노인과 육체관계를 맺고 협박하다시피 돈을 받아 내는 모습은 충분히 납득할 수 있다.

미자가 시 창작 시간에 발표한 사례는, 늦은 나이에 왜 시를 쓰려고 했는지 짐작할 수 있도록 도와준다. 나이도 잘 기억나지 않는 서너 살 무렵, 열린 커튼 사이로 햇빛이 비쳐 들어오던 마루에서 언니가 미자에게 예쁜 옷을 입혀 주고 이리 오라고 했던 장면이다. 미자는 언니가 자신에게 했다던, "미자야, 이리 와. 빨리 와, 미자야"를 읊조리며 눈물을 흘린다. 언니가 자신을 너무 예뻐했고, 그러면서 자신이 정말 예쁘구나 하는 생각이 들었다고 했다. 많고 많았을 사연 중에 그런 순수한 시절을 그리워하는 마음이 미자의 마음을 시 쪽으로 끌어당겼을 것이다. 그런 미자도 돈 때문에 반신불수인 늙은 남자에게 자신의 몸을 내주는 것, 그런 모순을 지닌 게 인간이고, 그런 장면만으로도 인간의 복잡성을 충분히 설명할 수 있었다.

어렵게 합의금까지 마련해서 건네 놓고 미자는 왜 손자를 고발했을까? 가만히 있으면 사건은 소리 없이 덮이고 다시 평온한 일상이 찾아올 텐데. 하지만 그게 아니라는 생각, 인간이 그래서는 안 된다는 마음 때문이었을 테다. 아파하고 괴로워하는 마음, 시는 바로 거기서 탄생한다는 걸 말하고 싶었다고 할 수도 있겠다. 이창동 감독도 인터뷰에서 "처음에는 눈에 보이는 아름다움을 찾으려고 노력하던 양미자가 한 편의 시를 쓰는 과정을 통해 다른 사람의 고통, 세상의 추함까지도 껴안아야 한다는 깨달음을 얻는" 걸 보여 주고 싶었다고 했다. (『마이데일리』 2010. 5. 27) 시가 마주치고 가닿아야 할 곳을 정확히 짚고 있는 말이다.

시 창작 강좌가 끝나는 마지막 날, 참가자들이 쓴 시를 발표하는 시간이다. 하지만 수강생 중 누구도 시를 써 오지 않았다. 대부분의 시 창작 강좌에서 수강생들이 열심히 시를 써

낸다는 걸 생각하면 이 또한 비현실적인 설정이지만, 그리 중요한 건 아니니 넘어갈 수는 있겠다. 그 자리에 미사의 모습은 보이지 않고 대신 미자가 단상에 올려놓고 간 시만 강사와 수강생들을 맞이한다. 그리고 미자가 쓴 「아네스의 노래」라는 시가 낭송되는 것으로 영화는 끝난다. 낭송 배경으로는 소녀가 몸을 던진 강물의 흐름, 그리고 소녀가 뒤돌아보는 모습을 보여 주면서. 아네스는 죽은 소녀의 세례명이었다. 아네스의 고통을 잊어서는 안 된다는 것, 아네스를 위해 애도의 마음을 전해야 한다는 것, 그게 미자가 찾아가서 만난 시의 진실이었다. 이 시는 나중에 가수 박기영이 노래로 만들어 불러서 유명해지기도 했다.

그런데 나는 영화에 나오는, 이창동 감독이 쓴 시가 마음에 들지 않는다. 시는 비록 각본 작업을 한 이창동 감독이 쓸 수밖에 없었겠지만, 이창동 감독의 목소리가 아니라 아네스를 생각하는 미자의 목소리가 담겨야 했다고 생각하기 때문이다. 시는 아네스가 남은 이들에게 하고 싶은 말을 전하는 방식으로 전개된다.

그런데 내가 만난 영화 속의 시는 미자의 마음과도, 죽은 소녀의 마음과도 쉽게 연결되지 않았다. 일단 시가 너무 유려하고 아름다운 말로 이루어져 있다. 더구나 미자가 쓴 시는 아네스가 모든 원망을 내려놓은 듯한, 모두 용서하고 떠난다는 뉘앙스를 풍기고 있다. '아무도 눈물은 흘리지 않기를'이라든지 '나는 당신을 축복합니다' 같은 구절들이 그렇다.

나름대로 꿰어 맞춰서 생각해 보자면 소녀가 천주교 신자였고, 원망하는 마음보다 용서하는 마음이 더 크고 아름다워서 그랬을 수는 있겠다. 저세상에서라도 모든 걸 내려놓고 편히 쉬게 하고 싶다는 마음을 담았을 수도 있다. 하지만 소녀는 이 세상에 없고, 남은 이들이 해야 할 건 마땅히 소녀에게 용서를 구하는 일이 아니었을까? 소녀가 모든 걸 용서하고 떠났다는 식으로 지레짐작하며 위안 삼을 일이 아니라는 말이기도 하다. 시 안에서 화자가 자신이 생전에 갖고 있던 아름다운 모습들을 기억해 달라는 말을 하고 있기는 하지만, 그것만으로는 부족하다는 게 시를 읽고 느낀 내 감상이다.

영화에 나오는 시는 평론가와 관객들에게 오해를 불러일으키기도 했다. 혹시 노무현 대통령의 죽음을 염두에 두고 쓴 시가 아니냐는 식으로. 이창동 감독이 노무현 정부에서 문화관광부 장관을 지냈기에 자연스레 떠올릴 수 있는 의문이기도 했다. 그런 질문에 대해 감독은 노무현 대통령 서거 직후에 시나리오를 완성했기에 자신도 모르게 그런 마음이 반영되었을 수는 있으나, 특정인의 죽음으로 한정해서 이해하지 말아 달라는 말을 했다. 시는 보편성을 추구하므로 감독의 말은 표현한 그대로 받아들이면 될 일이다. 하여간 시는 다음과 같이 끝난다.

어느 햇빛 맑은 아침 다시 깨어나 부신 눈으로
머리맡에 선 당신을 만날 수 있기를

시에 나오는 당신이 과연 누굴까? 시의 특징 중 하나가 모호성이므로 상상과 추론은 관객이나 독자의 몫이다. 여기서 시에 있어 보편성이란 어떤 걸까 하는 질문을 던져 볼 수도 있지 않을까? 김소월의 시에 자주 나오는 '님'과 연결 지어 영화 속에서 미자가 지었다는 시에 나오는 '당신'을 개별적인 존재가 아닌 보편적인 존재로 상정해 볼 수도 있긴 하다.

문제는 시가 등장하기 전에 영화 속에서 전개된 서사가 있다는 사실이다. 보편성이라는 건 처음부터 보편적인 것이 아니라, 개별성이나 특수성에서 출발해서 보편적인 의미로 확장하는 것이어야 한다. 그렇게 보았을 때 영화 속의 시는 죽은 소녀의 개별적인 목소리에서 출발한 게 아니라는 아쉬움을 남긴다. 소녀의 죽음에 대한 속죄 의식과 미안함을 안고 있는 미자의 입장에서는 그렇게 쓸 수가 없다. 앞서 말한 대로 용서를 구하는 참회의 마음을 담아야 자연스럽게 다가온다.

영화에서 시의 의미와 기능에 대해 감독이 던지는 질문들은 충분한 의미와 가치를 지니고 있다. 시에 대한 이해도 깊어 보인다. 등장인물 김용택 시인의 입을 빌려, "시를 쓰는 게 어려운 게 아니라 시를 쓰겠다는 마음이 어렵다"고 한 말도 의미심장하게 다가온다. '시를 쓰겠다는 마음'은 이 세상에 여전히 시가 필요하다는 마음을 갖는 것이라고 이해할 때, 죽어가는 것처럼 보이는 시가 그래도 절망의 시대를 건너가게 하는 버팀목이 될 수도 있겠다는, 그러면 좋겠다는 바람을 담은 것으로 받아들였다. 그런 면에서 시를 쓰는 입장에서 반갑고 고마운 마음이 들게 하는 영화였다.

분명 시에 대한 이창동 감독의 이해는 깊은 차원에 닿아 있다. 하지만 시를 잘 아는 것과 직접 쓰는 건 다르다는 사실을 새삼 확인하기도 했다. 영화를 보고 나서, 만일 시 창작 수업을 하게 된다면, 각자 미자의 입장이 되어 시를 써 보도록 하면 어떨까 하는 생각을 해 보았다. 영화 속 시와는 다른 결의 시들이 나오지 않을까 싶다. 우열을 가르거나 따지자는 게 아니라, 타자의 마음 깊은 곳에 들어가 보는 훈련이 시 창작의 길로 들어서게 하는 중요한 열쇠라는 생각을 갖고 있기 때문이다.

젊음은 오래 거기
남아 있거라

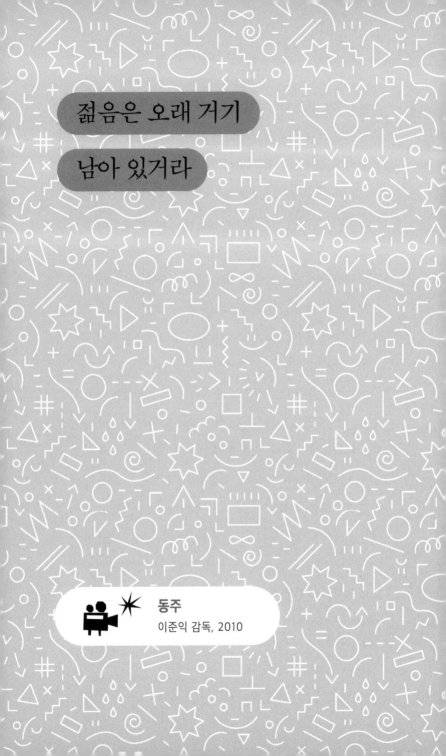

동주
이준익 감독, 2010

우리나라에서 가장 사랑받는 시인이 누구냐고 물으면 김소월과 윤동주 시인이 앞 손가락에 꼽히지 않을까? 국어 교과서에 가장 많이 나오기도 하는 시인들이니, 시에 대해서는 잘 몰라도 두 시인 이름만큼은 누구나 알고 있지 않을까? 윤동주(1917~1945)는 내가 고등학교 시절에 가장 좋아했던 시인이어서 「별 헤는 밤」 같은 긴 시를 외우고 다니기도 했다. 나만 그랬던 게 아니라 청춘 시절에 윤동주의 시에 빠져 본 경험을 한 이들이 많을 테고, 아무리 세월이 흘러도 윤동주 시의 아름다움과 식민지 현실 앞에서 고뇌하며 부끄러워하던 순결한 정신은 빛이 바래지 않을 것으로 믿는다.

그런 윤동주의 삶과 시를 영화로 만든다는 소식을 들었을 때 과연 어떤 모습을 한 영화가 나올까 무척 궁금하게 여겼던 기억이 난다. 흑백으로 촬영한 영화는 흑과 백의 명암이 이루는 조화로운 질감을 잘 살렸으며, 시대 분위기와 절제된 감정을 표현하기에 적합했다. 저예산 영화로 제작한 것도 윤동주 시인의 삶과 맞닿아 있다는 생각을 했다.

영화는 윤동주와 송몽규(1917~1945, 독립운동가이자 작가)의 짧은 생애와 후쿠오카 형무소에서 취조받는 장면이 교차하며 전개된다. 형무소 장면들은 체포에서 취조, 그리고 옥사에 이르는 과정의 비극성을 드러냄과 동시에 윤동주의 내면세계를 보여 주기 위한 것으로 제법 많은 분량을 차지하고 있다. 그에 반해 윤동주의 소년 시절을 비롯해 중요한 영향을 끼친 인물들이 누락되어 있기도 하다. 연희전문학교의 교장이자 일찍부터 친일의 길로 들어선 윤치호를 등장시켜 정면으로 비판하고 있는데, 그보다는 같은 학교에서 우리말을 가르치던 외솔 최현배 선생을 등장시키면 어땠을까 하는 생각도 해 보았다.

윤동주의 시를 중심으로 줄거리를 전개하다 보니 사실이 아닌 허구가 들어간 부분도 많다. 물론 전기 영화라고 해도 당사자의 삶을 크게 훼손하지 않는 범위 안에서 영화의 구성을 위해, 또 관객의 흥미를 유도하기 위해 어느 정도 허구는 들어갈 수밖에 없다는 걸 감안할 필요는 있다. 그렇다면 영화 속에 윤동주가 정지용(1902~1950) 시인을 만나는 장면을 넣은 건 어떻게 보아야 할까? 정지용은 해방 후 윤동주의 유고 시집이 나올 때 강처중의 부탁을 받고 서문을 써 주었다. 거기 이런 구절이 나온다.

내가 시인 윤동주를 몰랐기로서니 윤동주의 시(詩)가 바로 '시(詩)'고 보면 그만 아니냐?

그러면서 동생 윤일주에게 형 윤동주의 생애에 대해 이리 저리 물어서 들었다는 대답을 글 안에 싣고 있다. 이런 정황만 으로 보면 생전에 윤동주와 정지용이 만나지 않았다고 생각할 수 있다. 하지만 두 사람이 실제로 만난 적이 있다고 하는 사 람도 있다. 소설가 송우혜가 쓴 『윤동주 평전』(서정시학, 2014) 에는 라사행 목사라는 사람이 윤동주와 함께 당시 북아현동에 있던 정지용 시인의 집을 방문했다고 하는 내용이 실려 있다. 그러면서 송우혜 씨는 수많은 시인 지망생이 정지용 시인 집 을 드나들었으므로 무명 청년이던 윤동주가 자신의 집에 방문 했었다는 사실을 기억하지 못할 따름이라고 주장한다.

어느 게 맞는지는 모르겠으나, 영화에 정지용 시인을 등장 시키면서 배우로 문성근 씨를 기용한 데는 특별한 사연이 있 다. 윤동주와 용정 시절부터 가까운 친구였으며 숭실중학을 같이 다녔던 문익환 목사의 아들이 문성근이기 때문이다. 그 런 관계를 알고 있던 이준익 감독이 직접 문성근 배우에게 출연을 요청했다는 이야기가 있다.

영화 속에는 윤동주의 시가 여러 편 나오는데, 영화 속 장면과 실제 시를 쓴 시기가 맞지 않는 경우가 많다. 영화의 흐름을 고려해 창작 시기보다는 장면에 어울리는 시를 배치하는 게 낫겠다는 판단에 따른 결과일 것이다. 그런 정도의 의도적인 구성 역시 영화라는 장르의 특성상 크게 흠잡을 일은 아니다. 영화에서 가장 먼저 나오는 작품은 「흰 그림자」로, 다른 작품들에 비해 많이 알려진 시는 아니다. 영화 속에서는 앞의 두 연만 나온다.

황혼이 짙어지는 길모금에서
하루 종일 시든 귀를 가만히 기울이면
땅거미 옮겨지는 발자취 소리,

발자취 소리를 들을 수 있도록
나는 총명했던가요.

이 시는 윤동주(강하늘)의 이종사촌인 송몽규(박정민)가 독립운동을 위해 학업을 접고 만주 용정에서 중국 대륙으로 떠나는 뒷모습을 그리는 장면과 함께 나온다. 내가 보기에는 영화 장면과 시가 썩 어울려 보이지 않는다. 동주가 이 시를 쓰는 장면을 보여 준 다음 곧바로 형무소에서 취조받는 장면으로 이어진다. 취조관은 시에 나오는 발자취 소리가 누구의 발자취 소리를 말하는 거냐며 추궁한다. 시에 나오는 발자취 소리가 송몽규의 발자취 소리를 뜻하는 게 아니냐는 거다. 송몽규의 사주를 받아 윤동주가 비밀결사를 통한 독립운동을 획책했다는 혐의를 입증해 보려는 의도다. 이에 대해 윤동주는 "시어는 하나하나 따져 가며 읽는 것이 아닙니다" 하는 대답을 내놓는다. 취조관은 시를 시로 대하는 게 아니니 서로 말이 통할 리 없다.

일단 시의 나머지 부분을 읽어 보자.

이제 어리석게도 모든 것을 깨달은 다음

오래 마음 깊은 속에

괴로워하던 수많은 나를

하나, 둘 제 고장으로 돌려보내면

거리 모퉁이 어둠 속으로

소리 없이 사라지는 흰 그림자,

흰 그림자들

연연히 사랑하던 흰 그림자들,

내 모든 것을 돌려보낸 뒤
허전하게 뒷골목을 돌아
황혼처럼 물드는 내 방으로 돌아오면

신념이 깊은 의젓한 양(羊)처럼
하루 종일 시름없이 풀포기나 뜯자.

　사실 이 시는 윤동주가 일본으로 유학 와서 쓴 작품이다.
윤동주는 연희전문을 마치고 1942년 3월 초에 일본으로 건너
가 릿쿄대학(立敎大學) 영문과에 입학한다. 윤동주는 자신이
쓴 시 뒤에 꼭 날짜를 적었으며, 이 시에는 1942년 4월 14일이
라는 날짜가 적혀 있다. 일본에 온 지 한 달 남짓밖에 지나지
않은 시점이다. 일본 유학 중에 윤동주가 쓴 시로 남아 있는
건 모두 다섯 편이다. 더 많은 시를 썼을 가능성이 있으나 체
포될 때 시와 일기가 모두 압수되는 바람에 나머지는 행방을
찾을 길이 없다. 다섯 편이라도 남게 된 건 연희전문에서 사
귄 친구 강처중에게 보낸 편지 속에 들어 있었기 때문이다.
　전문을 읽어 보면 알겠지만 송몽규와는 아무런 관련이 없

는 시다. '흰 그림자'가 상징하는 게 뭐냐는 질문이 먼저 나올 텐데, 평론가나 독자마다 다른 해석을 내놓곤 한다. 그중에서 많이 거론되는 게 윤동주 자신의 분열된 자아가 아닐까 하는 견해다. 그렇게 볼 수도 있겠으나, 윤동주의 시에 유난히 흰색의 이미지가 많이 나온다는 점을 염두에 둘 필요가 있지 않을까 싶다. 특히 「슬픈 족속」에서는 흰 수건, 흰 고무신, 흰 저고리, 흰 띠를 등장시켜 우리 민족을 표상하는 이미지를 형상화하고 있다. 그런 것들과 연관 지어 생각한다면 고국에 남겨두고 온 사람들을 뜻한다고 해석할 여지도 있다. '연연히 사랑하던 흰 그림자들'이라는 구절이 그런 추측에 힘을 실어 주기도 한다. 일본 땅에 와 있는 처지에서 과거의 자신은 물론 자신을 둘러싸고 있던 식민지 조선인들에 대한 생각은 잠시 뒤로 밀어 두어야 하지 않았을까? 그러면서 가슴에 품고 온 뜻을 '신념이 깊은 의젓한 양(羊)처럼' 새기고 또 새기는 일이 자신에게 주어진 몫이라는 자각과 다짐을 그리고 있는 시로 내게는 다가왔다.

이 시를 이야기하려면 빼놓을 수 없는 사람이 있다. 영화에는 나오지 않지만, 연희전문 후배인 국문학자 정병욱이다. 정병욱을 등장시키지 않은 것도 아쉬운 대목이기는 하다. 정병욱은 같이 하숙을 할 만큼 친하게 지내던 사이로, 유학을 떠나기 직전에 윤동주는 시집 원고 세 부를 작성한 다음 그중 한 부를 정병욱에게 맡겼다. 그만큼 신뢰했다는 얘기다. 정병욱은 학병으로 끌려가게 되자 윤동주의 원고를 고향에 계신 어머니께 부탁해서 마루 밑에 항아리를 묻고 그 안에 숨겨 두도록 했다. 해방 후에 윤동주의 유고 시집이 나올 수 있었던 배경에는 친구 강처중의 노력과 함께 정병욱의 공로를 빼놓을 수 없다. 평소 윤동주를 존경했던 정병욱은 자신의 호를, '흰 그림자'를 한자로 표기한 '백영(白影)'으로 삼았을 정도다.

이어서 일본에서 창작한 시 한 편이 영화에 더 나온다. 제목은 「사랑스런 추억」이고, 창작일은 「흰 그림자」를 쓰고 한 달이 지난 5월 13일이다. 시 뒷부분만 인용해 본다.

봄은 다 가고 — 동경(東京) 교외 어느 조용한 하숙방에서,
옛 거리에 남은 나를 희망과 사랑처럼 그리워한다.

오늘도 기차는 몇 번이나 무의미하게 지나가고,

오늘도 나는 누구를 기다려 정거장 가차운
언덕에서 서성거릴 게다.

— 아아 젊음은 오래 거기 남아 있거라.

　이 시는 일본에서 만난 여학생 쿠미와 함께 전차를 타고 가며 시에 대한 이야기를 나누는 장면에서 흘러나온다. 마지막 구절인 '아아 젊음은 오래 거기 남아 있거라'가 오래도록 귓전에 남아 사라지지 않는다. 일본인 여학생과 있었던 일은 허구이지만, 식민지 청년이라고 해서 어찌 낭만을 몰랐겠는가. 그 아름다운 청춘을 충분히 누리지도 못한 채 해방을 앞둔 1945년 2월 16일, 후쿠오카 형무소에서 차마 감지 못하는 눈을 감아야 했으니, 새삼 가슴이 사무친다. 동경의 어느 '정거장 가차운 언덕'에서 지금도 스물여섯의 청년 윤동주가 서성거리고 있을 것만 같다.

　영화에도 나오지만 윤동주가 마음에 품고 있던 조선인 여학생이 있긴 했다. 정병욱의 증언에 의하면 연희전문 시절에 이화여전 문과에 다니던 여학생을 좋아하고 있었던 게 분명하다고 했다. 하지만 특별한 연애 관계로 발전하지는 않았던 것 또한 사실이다. 그보다 조금 더 구체적인 사연을 지닌 여학생에 대한 이야기는 여동생 윤혜원이 증언한 바 있다. 동경 유학생 중 성악을 전공하던 박춘혜라는 여성과 결혼까지 생각했다고 한다. 윤동주 친구의 여동생인데, 방학 때 그 여학생이 담긴 사진을 가져와서 보여 주었고, 그런 사실을 전해 들은 집안 어른들이 윤동주를 불러 좋은 가문에 괜찮은 여자 같아 보이니 잘 해 보라며 격려까지 했다고 한다. 하지만 그 여학생은 윤동주가 아닌 법과를 전공한 다른 남자에게 시집을 갔다.

당신 말을 들으니까 정말로 부끄러운 생각이 들어서 못하겠습니다. 이런 세상에 태어나서 시를 쓰기를 바라고 시인이 되기를 원했던 게 너무 부끄럽고, 앞장서지 못하고 그림자처럼 따라다니기만 한 게 부끄러워서 서명 못 하겠습니다.

형무소에서 신문을 마친 취조관이 조서에 자필로 서명하라고 하자 거부하면서 한 말이다. 윤동주의 시를 일러 흔히 부끄러움의 미학을 담고 있다고 말한다. 부끄러움은 성찰로 이어지고, 성찰은 시대의 고뇌를 짊어지게 만들고, 끝내 순교의 피를 흘리는 길로 이끌었다. 영화가 끝날 무렵 마지막으로 흐르는 시는 누구나 알고 있는 「서시」다. 영화에 나오는 시들 중에서 많이 알려진 작품들은 여기서 일부러 소개하지 않았다. 그래도 「서시」는 그냥 지나갈 수 없어 여기 옮겨 놓는 것으로 글을 매듭짓고자 한다. 그게 순결했던 사나이 윤동주를 우리

가슴 속에 영원히 살아 있게 만드는 길이라 믿는다.

　　죽는 날까지 하늘을 우러러
　　한 점 부끄럼이 없기를,
　　잎새에 이는 바람에도
　　나는 괴로워했다.
　　별을 노래하는 마음으로
　　모든 죽어 가는 것을 사랑해야지
　　그리고 나한테 주어진 길을
　　걸어가야겠다.

　　오늘 밤에도 별이 바람에 스치운다.

　이 시에 대해 두 가지만 살펴보도록 하자. 우선 이 시에는 본래 제목이 없었다. 윤동주가 일본으로 유학 가기 전에 수작업으로 '하늘과 바람과 별과 시'라는 제목을 단 시집을 묶어 놓았다. 그런데 정병욱이 보관했던 원본을 보면 맨 앞에 제목 없이 이 시가 실려 있었다. 그러다 사후에 유고 시집을 내며 편찬자가 '서시'라는 제목을 붙였고, 그게 지금까지 제목으로 굳어져 내려왔다. 어쩌면 시로 생각하고 쓴 게 아니라 일종의 시집 서문 격으로 작성한 글이었을지도 모르겠다. 그렇다 할지라도 「서시」의 문학성이 감소되는 건 아니다. 지금까지 수많은 시인들이 '서시'라는 제목으로 시를 썼지만 윤동주의 '서시'가 주는 감동에 이르지는 못했다.

「서시」는 일본인이 번역해서 일본 교과서에 실리기도 했다. 이 시를 가장 먼저 일본어로 번역한 사람은 이부키 고(伊吹鄕)라는 사람이었다. 그런데 번역을 하며 '모든 죽어 가는 것을 사랑해야지'를 '모든 살아 있는 것을 사랑해야지'로 바꿔 놓았다. '죽어 가는 것'이라고 했으니 아직은 살아 있는 게 맞긴 하다. 하지만 '죽어 가는 것'과 '살아 있는 것'이 지시하고 의미하는 차이는 무척 크다. '죽어 가는 것'이라는 말 속에는 죽음을 향해 가는 고난과 시련을 겪고 있는 존재라는 의미가 담겨 있다면, '살아 있는 것'이라는 말 속에는 그런 비극성 자체가 들어설 틈이 없다.

번역을 하다 보면 원문과 어긋나거나 뉘앙스의 차이를 제대로 반영하지 못하는 일이 흔하긴 하다. 이부키 고가 특별한 의도를 가지고 원문과 다르게 번역을 했을 것으로 믿고 싶지는 않다. 번역할 때 직역이 아니라 의역을 하는 경우도 있고, 번역자가 윤동주가 보여 준 삶과 사상을 검토한 뒤 모든 생명체를 사랑하는 범애론자(汎愛論者)로 파악해서 그렇게 번역

했을 가능성도 배제할 수는 없다. 그래도 오역임에는 틀림없고, 이에 대해서는 같은 일본인이자 윤동주 전문가인 오무라 마스오(大村益夫)가 이미 비판한 적이 있다.

디아스포라

윤동주

군산 : 거위를 노래하다
장률 감독, 2018

후쿠오카
장률 감독, 2020

1.

　　　　　　윤동주 시인은 만주 용정에서 태
어났다. 더 정확히 말하면 지린성(吉林省) 용정시 명동촌이 윤
동주가 어릴 적 나고 자란 곳이다. 우리가 흔히 북간도라고
하는 지역이다. 증조부가 먼저 중국 둥베이(東北) 쪽으로 이
주했다가 지린성 쪽으로 터전을 옮겼고, 조부가 다시 명동촌
으로 와서 정착했다. 그러니 윤동주는 증조부로부터 따지면
4대째에 이르는 이주민인 셈이다.
　명동촌에는 윤동주 생가가 보존되어 있다. 그런데 중국의
연변주 당국에서 생가 입구에 세운 표지석에는 '중국 조선족
애국 시인 윤동주 생가'로 표기되어 있다. 이 표지석이 세워진
건 한참 전인데, 중국이 동북공정 이후 변방국의 역사마저 자
국 역사에 포함시키는 바람에 논란이 되고 있다. 표지석에 쓰
인 대로 중국은 윤동주 시인을 중국에 속한 소수민족의 시인
으로 보고 있다. 그게 '조선인'도 아닌 '조선족'으로 표기한 이

유다. 조선족의 국적은 엄연히 중국이기 때문이다. 우리로서는 말도 안 되는 이야기지만 중국 측의 논리가 아주 허무맹랑한 건 아니라는 점도 짚을 필요가 있다. 실제로 연변에 거주하는 대부분의 조선족들은 자신들을 한국인이 아니라 중국의 조선족이라는 정체성으로 자리매김하고 있다.

그렇다면 윤동주의 국적은 어디인가? 너무 당연한 걸 묻는다고 생각할지 몰라도 문제가 그리 간단하지는 않다. 엄밀히 따지자면 윤동주에게는 국적이 없었다. 중국 땅에서 태어나 조선 땅으로 공부를 하러 왔고, 다시 일본 땅으로 건너가서 죽었다. 핏줄은 분명 조선인에서 출발했지만, 윤동주가 태어났을 때 조선이라는 나라는 이미 사라지고 없는 상태였다. 그러니 평생 무국적자로 살았다고 해도 틀린 말이 아니다. 정신적으로야 당연히 한국 사람이고 윤동주 본인도 늘 그렇게 여겨 왔지만 식민지 백성이라는 특수성이 있었고, 해방되기 전에 죽었으므로 국적을 회복할 기회도 없었다. 형식적으로만 따지면 일본 국적을 지니고 있었다고 해야 한다. 손기정이 베를린 올림픽 때 일본 국기를 달고 나갔던 것처럼.

더 나아가서 생각해 보자면 윤동주의 증조부가 함경도 출신이므로 북한에서는 윤동주를 북한 시인이라고 주장할 수도 있다. 북한도 정식으로 유엔에 가입한, 대한민국과 별개의 나라이며, 윤동주는 친구인 문익환 목사와 함께 평양의 숭실중학교에 다닌 적도 있다. 그런 여러 이유 때문에 나라를 잃고 흩어져 사는 이들을 뜻하는 디아스포라라는 말로 윤동주의 정체성을 설명하기도 한다.

물론 윤동주의 남동생 윤일주와 여동생 윤혜원이 해방 후에 남한으로 내려와서 살았고 유고 시집 또한 서울에서 발간했으므로 윤동주가 사후에 대한민국 사람으로 공인받은 것이나 다름없다(막냇동생 윤광주는 중국에 그대로 머물며 살다 그곳에서 죽었다). 그럼에도 생전에는 무국적자였다는 사실이 바뀌지는 않는다. 여동생 윤혜원은 나중에 호주로 건너가서 살다 그곳에서 삶을 마쳤으니, 그런 운명도 참 얄궂긴 하다.

장률 감독은 중국 동포 출신 감독이다. 중국 쪽에서 영화 활동을 하다 지금은 한국에 와서 영화 작업을 이어가고 있다. 장률 감독이 나고 자란 곳은 윤동주가 나고 자란 곳과 멀지 않다. 장률 감독의 영화에 윤동주가 자주 나오는 건 그런 친연성 때문이고, 감독 스스로도 그렇게 말해 왔다.

〈군산:거위를 노래하다〉에서 주인공 윤영(박해일)과 송현(문소리)이 종로구 청운동에 있는 윤동주 문학관과 윤동주 동산을 둘러보며 이런 대화를 나눈다.

송현 : 윤동주가 연변 출신이잖아.

윤영 : 어.

송현 : 근데 그쪽에서 계속 쭉 살았으면 어떻게 됐을까?

윤영 : 어 뭐, 조선족이지 뭐.

나로서는 그런 생각을 한 번도 해 보지 않았는데, 듣고 보니 그랬다. 혹시 해방 후에도 윤동주가 살아서 가족이 있는 중국 땅으로 돌아가고 거기서 생활했다면 조선족 시인으로 불리지 않았을까? 부질없는 상상이긴 하지만 경계인의 삶을 살고 있는 장률 감독에게는 그런 상상이 자연스러웠을 수 있겠다는 생각이 든다.

윤동주 문학관은 자하문으로도 불리는 창의문 옆에 있다. 본래 수도 가압장으로 쓰던 곳을 개조한 공간으로 독특한 구조를 취하고 있다. 물탱크가 있던 자리를 영상실로 만들었는데, 영화 속에서 두 등장인물이 영상실로 들어가자 화면에 「서시」가 뜨면서 낭송이 흘러나온다. 이어서 문학관 뒤편에 있는 윤동주 동산에 올라 역시 「서시」가 새겨진 시비 앞에서 대화를 나눈다. 그곳은 윤동주가 연희전문 재학 중에 아래 동네에서 하숙하는 동안 산책을 다녔을 것으로 짐작되는 곳이다.

윤영의 집에는 집안일을 도와주는 연변 출신 가정부가 있다. 송현과 데이트를 마치고 온 윤영이 집으로 들어가다 우편함에 꽂힌 편지를 살펴보는데, 마침 연변에서 가정부에게 보내온 편지가 있다. 편지를 건네주며 두 사람은 이런 대화를 주고받는다.

윤영 : 아주머니 성함이 윤순이세요?

가정부 : 네, 맞습니다.

윤영 : 편지 왔네요, 용정시 명동에서. 저 혹시 명동촌이 윤동주 시인 태어난 그 명동촌이에요?

가정부 : 맞습니다.

윤영 : 아주머니도 윤씨잖아요. 그럼 혹시….

가정부 : 네, 윤동주 시인이 저의 증조할아버지 사촌입니다. 제 이름도 윤동주 시인 시 구절에서 따왔다고 하더라고요.

장률 감독에 따르면 영화에 나오는 것처럼 지금도 용정 주변에는 윤동주의 일가 후손들이 많이 살고 있다고 한다. 윤동주 부친의 형제들 사이에서 태어난 후손들이라고 하겠다.

송현이 윤영과 오랜만에 우연히 만나서 술을 마실 때, 자신의 큰할아버지와 할아버지가 만주에서 살았었다는 얘기를 한다. 해방 후 할아버지는 한국으로 돌아오고 큰할아버지는 계속 만주에 눌러살았다며 이런 말을 덧붙인다.

"근데 우리 할아버지가 거기서 안 돌아오고 계속 만주에 살 았으면 나도 조선족이네. 이게 다 우연이야. 우연."

감독이 이런 대사를 집어넣은 건 어떤 의도였을까? 윤동주 가 만주에서 태어나 자란 건 본인의 의지와는 관련이 없는 일 이다. 그건 장률 감독 역시 마찬가지일 텐데, 본토 정착민들 과 디아스포라들의 차이란 게 실은 우연에 의해 구획된 것뿐 이라는 사실을 생각해 보자는 취지일 듯하다. 디아스포라의 경험이 없는 사람이라면 그런 생각 자체를 떠올리기 쉽지 않 으리란 건 분명하다.

영화는 한때 시를 쓰다 포기한 윤영이 선배인 이혼녀 송현 을 우연히 만나 군산 여행을 떠나서 벌어지는 일들을 다뤘고, 앞 장면은 군산으로 떠나기 전에 있었던 일들이다. 그런데 왜 하필 여행지로 군산을 선택했을까? 극 중에서 송현이 윤영에 게 "왜 갑자기 군산으로 오자고 한 거야? 이상하다. 좋은 일일 까. 나쁜 일일까?" 하고 묻는다. 하지만 윤영은 딴청을 피우며 대답하지 않는다. 둘이 여행하기 좋은 지방 도시라면 여수나 통영 같은 곳도 얼마든지 떠올릴 수 있을 것이다. 그런데 왜 군산이었어야 할까? 영화 속 등장인물들은 답을 주지 않으므 로 감독에게 질문을 던질 수밖에 없다. 감독은 처음에 목포를 염두에 두고 답사를 했다가 군산으로 방향을 틀었다고 한다. 목포와 군산의 공통점 중 하나가 옛 식민지 시절의 일본식 적산가옥이 많이 남아 있다는 점이다. 군산시는 일본식 건물들이 들어선 지역을 일찍부터 근대문화유산의 거리로 만들어 관광객들이 즐겨 찾는 곳으로 변화시켰다. 반면 목포는 옛 건물들을 방치하다시피 해서 칙칙한 느낌을 준다. 감독이 목포 대신 군산을 택한 건 영화를 찍기에는 군산이 더 그럴싸한 그림을 만들 수 있을 거라고 보았기 때문일 게다.

두 주인공은 일본식 가옥을 개조한 민박집에 머무른다. 군산에서 지내는 며칠간 두 사람의 감정과 동선은 자꾸 어긋나는데, 그 사이에 민박집 주인 남자와 딸이 있다. 송현은 주인 남자에게 끌리고, 윤영은 좀처럼 자신의 모습을 드러내려 하지 않는 딸에게 호기심을 느낀다. 딸도 윤영에게 관심을 보이며 몰래 뒤를 쫓기도 한다. 송현은 주인 남자와 함께 바닷가로 사진을 찍으러 가는데, 거기서 남자가 일본 교포이며 후쿠오카에서 살았었다는 얘기를 듣는다. 그러자 송현은 윤동주 시인이 후쿠오카 형무소에서 죽었다는 얘기를 꺼내며 반가워한다. 이런 설정과 함께 딸의 존재는 감독의 다음 작품으로 연결시키기 위한 장치였음이 〈후쿠오카〉에서 밝혀진다.

〈후쿠오카〉로 넘어가기 전에 영화의 제목에 왜 '거위를 노래하다'가 들어갔는지에 대한 설명이 필요할 듯하다. 윤영이 송현과 중국집에서 술을 마시다 춤을 추는 듯한 동작과 함께 당시(唐詩) 한 편을 중국 원어로 읊는 장면이 나온다. 우리말로 해석하면 이렇다.

거위야 거위야 거위야

굽은 목으로 하늘 향해 노래하네.

흰 깃털 푸른 물에 떠다니고

붉은 발바닥으로 파도를 일으킨다.

이 시의 제목은 「영아(詠鵝)」이며, 우리말로 번역한 게 '거위를 노래하다'이다. 당나라 초기 시인 낙빈왕(駱賓王)이 일곱 살 때 지었다고 해서 유명한 작품이다. 윤영의 어머니는 윤영이 어렸을 때 이름의 뒷글자만 따서 '영아'라고 부르곤 했다. 윤영은 극 중에서 어릴 적 화교 학교에 2년 다닌 걸로 나온다. 그때 배운 한시라고 하는데, 장률 감독에 따르면 중국에서는 유치원 시절부터 아이들에게 한시를 외우도록 하며, 그래서 초등학교만 졸업해도 꽤 많은 시를 외우게 된다고 한다. 시를 가르칠 때 소재나 주제를 찾게 하고 운율을 따져 가며 분석하는 것보다 그냥 통째로 외우도록 하는 게 시에 가까워지도록 하는 방법이다. 시 수업을 할 때 참고하면 좋겠다.

중국 시는 대체로 정형시인 데다 성조에 따른 운율이 있어 낭송하면 노래를 부르는 느낌이 난다. 리듬감 때문에 당연히 외우기도 수월한 편이다. 우리 시가 점점 운율을 잃고 노래에서 멀어지고 있다는 평가가 나오는 건 우리말이 중국말에 비해 리듬감이 떨어지기 때문일 수도 있다. 이렇게 말하면 지나치게 단순한 비교일 수 있거니와 그런 걸로 시의 우열을 따질 필요도 없다. 더구나 현대시는 운율보다는 이미지와 내면세계의 표출을 중시하는 경향이 있고, 시는 나라와 시대에 따라 고유한 특성을 지니기 마련이라는 사실을 염두에 둘 필요가 있다.

2.

〈후쿠오카〉에는 두 명의 남자와 한 여자가 나오는데, 모두 배우 이름을 그대로 가져다 썼다. 헌책방을 운영하는 제문(윤제문)과 헌책방의 단골손님 소담(박소담), 제문의 선배이자 후쿠오카에서 술집을 하는 해효(권해효) 사이에 벌어지는 일을 다루고 있다. 전작 〈군산:거위를 노래하다〉에서 윤영이 송현에게 느닷없이 군산행을 제안하는 것처럼 〈후쿠오카〉에서는 소담이 제문에게 느닷없이 후쿠오카 여행을 떠나자고 한다. 소담은 〈군산:거위를 노래하다〉에서 하숙집 딸로 출연했으며, 엄마가 후쿠오카 출신으로 설정되어 있었다.

그렇게 떠난 후쿠오카에서 제문은 선배 해효를 찾아가는데, 둘은 대학 선후배 사이로 28년 만에 처음으로 다시 만나는 사이다. 제문과 소담이 해효가 운영하는 술집을 찾아갔을 때, 해효는 떨떠름한 표정을 지으며 냉랭하게 대한다. 며칠을 함께 지내는 동안에도 둘은 계속 티격태격한다. 그렇게 된 사유는 순이라는 연극 동아리 후배 여학생 때문이다. 순이라는 이름은 감독이 윤동주 시인을 염두에 두고 지은 이름이다. 순이는 제문과 해효 둘을 동시에 사랑했고, 한 사람만 선택하라고 하자 갑자기 자퇴한 다음 자취를 감추었다. 해효가 후쿠오카까지 와서 술집을 하게 된 건 순이가 후쿠오카 출신 재일교포였기 때문이다. 제문과 해효는 만나서도 옛날의 앙금을 쉽게 풀지 못하며, 순이가 사라지기 전날 서로 자신이 순이와 잤다며 다툰다.

해효가 운영하는 술집 벽에는 윤동주의 「자화상」이 적혀 있다.

산모퉁이를 돌아 논가 외딴 우물을 홀로 찾아가선 가만히 들여다봅니다.

우물 속에는 달이 밝고 구름이 흐르고 하늘이 펼치고 파아란 바람이 불고 가을이 있습니다.

그리고 한 사나이가 있습니다.
어쩐지 그 사나이가 미워져 돌아갑니다.

돌아가다 생각하니 그 사나이가 가엾어집니다. 도로 가 들여다보니 사나이는 그대로 있습니다.

다시 그 사나이가 미워져 돌아갑니다.
돌아가다 생각하니 그 사나이가 그리워집니다.

우물 속에는 달이 밝고 구름이 흐르고 하늘이 펼치고 파아란 바람이 불고 가을이 있고 추억처럼 사나이가 있습니다.

해효는 왜 하필 윤동주의 「자화상」을 적어서 걸어 두었을까? 시 속의 화자에게서 자신의 모습을 본 건 아닐까? 못난 자신을 미워하면서도 가여워하는 마음을 이해할 수 있을 듯하다. 해효만 못난 게 아니라 제문 역시 마찬가지다. 제문이 운영하는 헌책방 이름은 '정은 책방'인데, 순이가 사라지기 전에 자주 드나들던 서점을 그대로 인수했다. 혹시라도 순이가 다시 그 서점을 찾아오지 않을까 하는 기대 때문이었다. 그리고 둘 다 중년이 되도록 결혼을 하지 않은 상태다. 좋게 말하면 순정파들이고, 달리 말하면 미련퉁이들이라고 해도 크게 틀리지 않을 듯하다.

해효의 가게에 이상한 남자 손님 한 명이 드나든다. 해효 말에 따르면 10년 동안 한 번도 말하는 걸 듣지 못해 농아(聾兒)라고 여겼는데, 소담은 말을 할 줄 알 거라고, 그것도 한국말을 할 거라고 말한다. 소담의 예상대로 남자 손님은 갑자기 말을 하기 시작한다. 해효가 당황하자 소담은 여자 때문에 그랬을 거라는 말을 하고, 손님은 자리에서 일어나 윤동주의 시 「사랑의 전당」을 읊는다.

순아 너는 내 전(殿)에 언제 들어왔던 것이냐?
내사 언제 네 전에 들어갔던 것이냐?

우리들의 전당은
고풍한 풍습이 어린 사랑의 전당

순아 암사슴처럼 수정 눈을 내려 감아라.

난 사자처럼 엉클린 머리를 고르런다.

우리들의 사랑은 한낱 벙어리였다.

청춘!

성스런 촛대에 열한 불이 꺼지기 전

순아 너는 앞문으로 내달려라.

어둠과 바람이 우리 창에 부닥치기 전

나는 영원한 사랑을 안은 채

뒷문으로 멀리 사라지런다.

이제

네게는 삼림 속의 아늑한 호수가 있고,

내게는 준험한 산맥이 있다.

　　남자가 말을 안 한 이유는 시 안의 구절 '우리들의 사랑은 한
낱 벙어리였다'에 담겨 있다. 시를 읊은 남자도, 시를 쓴 윤동
주도 '준험한 산맥'을 넘지는 못했다. 그런데 왜 하필 감독은

후쿠오카를 찾아가서 영화를 찍고, 거기서 윤동주를 불러냈을까? 그건 윤동주가 후쿠오카의 감옥에서 죽었기 때문이다.

두 영화에서 윤동주가 주인공은 아니다. 하지만 장률 감독은 엇갈린 사랑 이야기를 중심축으로 끌고 가면서도 줄곧 윤동주를 호명하고 있다. 윤동주의 생애를 다룬 글들을 보면, 연희전문 시절에 이화여전 다니는 여학생을 마음에 품고 있었다고 한다. 릿쿄대학 시절에는 조선인 유학생 여성을 좋아했다는 기록도 있다. 하지만 둘 다 사랑의 진전을 이루지 못하고 시에 나오는 것처럼 혼자서 벙어리 사랑을 했다. 그런 사연을 감독이 몰랐을 리 없다. 그런 이유와 함께 윤동주의 디아스포라적인 운명이 감독 자신의 정체성을 비춰 보는 거울로 작용했을 거라는 짐작도 해 볼 수 있다. 장률 감독은 영화감독을 하기 전에는 중국문학을 전공한 문학도이자 소설가이기도 했다. 장률 감독에게 윤동주는 문학과 영화, 그리고 정체성 탐구의 시발점이었는지도 모른다.

이 영화를 통해 감독이 짚어 보고자 한 핵심은 무엇일까? 겉으로는 한 여자를 두고 두 남자가 갈등을 벌였던 사건을 이야기하는 것처럼 보이고, 그래서 두 남자를 주인공으로 내세운 것 같지만, 내가 보기에는 영화에는 직접 등장하지 않는 순이가 진짜 주인공이라는 생각이 든다.

소담은 해효와 제문의 갈등을 보며, 그러지 말고 셋이 함께 사랑하는 관계로 하면 어떻겠냐는 말을 한다. 당연히 말도 안 되는 상상이라는 대답이 돌아오지만, 그 후에 불이 나간 심야 술집에서 촛불을 켜 놓은 채 소담이 두 사람에게 연극을 해 보자고 제안한다. 그러면서 자신이 순이 역할을 맡겠다고 나선다. 두 사람의 동의 여부와 상관없이 소담이 순이가 되어 먼저 대사를 시작한다.

"해효 형, 제문이 형. 이렇게 된 김에 솔직하게 얘기할게. 나 정말 정말 진심으로 두 사람 다 사랑해. 누구 한 사람만 사랑할 수 없잖아. 이런 나 괜찮아? 둘 다?"

처음에는 말도 안 되는 이야기라고 하던 해효가 일주일 중 둘이 반반씩 나눠 사랑하는 건 괜찮겠다는 제안을 하자, 제문이 그럼 7일 중에 하루는 누구 몫으로 할 거냐며 문제를 제기한다. 옥신각신하다 가위바위보로 결정하기로 하고 둘이 손을 들어 올리는 순간 나갔던 전깃불이 들어오며 실내가 환해진다. 그러면서 좀 전까지 진행했던 연극은 결말을 짓지 못한 채 막을 내리고 만다. 이 즉흥 연극이 영화의 주제를 압축해서 보여 주는 장면이다.

순이가 재일 교포라는 사실, 일본과 한국 사이에 낀, 아니 둘 모두에 발을 걸치고 있는 존재라는 걸 상기할 필요가 있다. 그런데 현실에서는 일본이냐 한국이냐를 선택하라는 압력에 직면하곤 한다. 둘 다 사랑하면 안 되느냐는 순이의 항변에 대해 해효와 제문은 둘 다 자기만을 선택해 주기를 바랄 뿐이었다. 순이의 실종을 단순히 자발적 실종으로만 볼 수 없는 이유다. 영화는 순이라는 존재를 통해 재일 교포의 정체성 문제를 어떻게 해결해야 할 것인지에 대한 질문을 관객들에게 던지고 있는 셈이다.

영화 속에서 소담은 무척 중요한 역할을 하고 있다. 소담은 일본어를 할 줄 모르지만 일본 사람들과 자연스럽게 대화를 나눈다. 그뿐만 아니라 공원에서 만난 중국 여성 관광객과도 대화를 주고받는다. 서로 자기 나라 말을 하지만 상대는 다 알아듣는다는 설정은 영화라서 가능한 일이기는 하다. 이런 설정은 윤동주가 중국에서 나고 일본에서 유학 생활을 했다는 사실을 암시하는 장치로 읽힌다.

참, 제문과 해효가 왜 하필 28년 만에 만나는 걸로 설정했을까? 처음에는 아무 생각이 없었는데 나중에 곰곰이 생각해 보니 윤동주가 스물여덟 나이에 옥사했다는 사실이 떠올랐다. 내 추측이긴 하지만 감독은 그런 부분까지 염두에 두고 시나리오를 쓰지 않았을까 싶다.

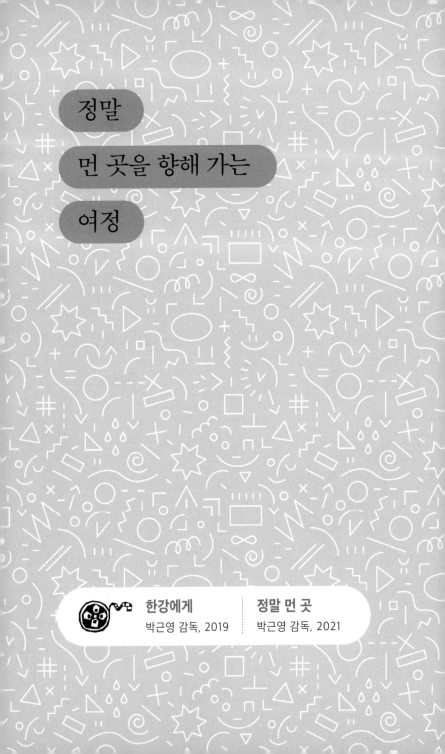

정말

먼 곳을 향해 가는

여정

한강에게
박근영 감독, 2019

정말 먼 곳
박근영 감독, 2021

1.

         시인이 되려면 문예창작과나 국문과를 가야 할까? 아무래도 전공 분야에 대해 깊이 파고드는 공부와 훈련을 할 수 있어 유리한 점이 있을 테고, 실제 시인으로 등단한 사람들 숫자를 따지면 두 과 출신이 압도적으로 많긴 하다. 하지만 시는 기교만 배워서 쓸 수 있는 게 아니므로 다른 분야 공부를 해서 다양한 경험을 쌓는 게 궁극적으로 시 쓰기에 더 도움이 될 거라는 말을 하는 사람들도 많다. 나 역시 국문과를 나와서 시를 쓰고 있지만, 다른 전공을 택했으면 내 시 세계가 좀 더 넓어지지 않았을까 하는 생각을 종종 한다.

  그렇다면 영화감독을 하려면 무얼 전공해야 할까? 영화는 종합예술이라 시보다도 전문적인 기술이 필요하므로 영상 관련 학과를 다니는 게 마땅하다는 생각을 할 법하다. 물론 영화감독 중에 영화나 영상을 전공하지 않은 사람도 많다. 그래도 이왕이면 영화나 영상을 전공하면 전문성을 키우는 데 많은 도움이 될 건 분명하다. 그런데 영화감독의 꿈을 품고서도 일부러 국문과로 진학해서 공부한 다음에 영화감독이 된 사람이 있다. 앞에서 소개한 장률 감독이 중국문학을 전공하고 영화를 찍는 것처럼 박근영이라는 젊은 감독 역시 마찬가지다. 박근영 감독은 국문과에 진학한 다음 시의 매력에 빠져 한때는 시를 열심히 썼다고 한다. 그래서 장률 감독과 마찬가지로 박근영 감독의 영화에는 줄곧 시와 시인이 등장한다. 시와 영화를 접목해 시적인 영화를 만들고 싶다는 의욕이 충만한데, 요즘은 이런 경향의 영화를 '시(詩)네마'라는 말로 부르는 사람도 있다.

박근영 감독의 장편 데뷔작 〈한강에게〉는 첫 시집 출간을 준비하고 있는 여성 시인 진아(강진아)가 주인공으로 등장한다. 영화가 시작하면 진아가 광화문 광장에서 세월호를 기억하는 작가들의 '304 낭독회'에 참여해서 유가족이 쓴 글을 낭독한다. 이건 연출이 아니라 배우가 실제 행사에 참여한 걸 찍었다. 감독은 요즘 젊은 시인들이 어떤 식으로 사회를 바라보며 세상과 어떤 방식으로 접촉하고 있는지 보여 주고 싶었다며, 광화문 현장뿐만 아니라 서점에서 진행하는 시 낭송 행사도 그대로 찍어서 담았다. 그 자리에 박시하 시인이 초대 손님으로 나와 시를 낭독하는 장면이 담겨 있다.

진아 역을 맡은 배우 강진아는 역할을 소화하기 위해 일부러 이영주 시인이 진행하는 시 창작교실에 들어가 수강을 했고, 영화에는 나오지 않지만 직접 시도 썼다고 한다. 그전까지는 시에 크게 관심을 두지 않았던 편이라는데, 영화 덕분에 시 공부를 제대로 한 셈이다. 진아는 시인이면서 대학에서 학생들에게 시를 가르친다. 시에 대해 진아가 강의하는 장면은 이영주 시인에게 배운 내용을 자기 나름대로 변형해서 적용한 거라고 한다.

어떻게 하면 시가 될까? 진아는 학생들에게 이렇게 말한다. 사실을 의심하기 시작하면 시가 된다고. 그러면서 덧붙인다. 시를 쓸 때 여기까지 쓰면 되겠지 하고 멈추면 안 된다, 나에게 일어나는 온갖 일들에 대해 왜지? 왜 그러지? 하면서 끈질기게 '나만의 왜'를 찾아야 한다고. '나만의 왜'라는 건 사물과 세상을 보는 자신만의 고유한 시선을 갖출 수 있어야 한다는 말이다. 쉬운 말로 하면 독창성이 시 창작의 필수 요건이라고 할 수 있다. 사실을 사실대로 받아들이지 말고 '왜?'라는 질문을 던지며 나아갈 때 비로소 한 편의 시가 탄생한다. 물론 질문에 대한 답은 쉽게 찾아지지 않으며, 시인이 답을 주는 존재인 것도 아니다. 다만 제대로 된 질문을 던지는 것, 질문에 대한 답을 찾기 위해 고민하는 과정이 시라는 말도 되겠다. 나도 어쩌다 시에 대한 강의를 할 기회가 생기면, 현재의 생각과 느낌에서 한 발 더 안으로 들어가야 한다는 말을 자주 한다. 누구나 할 수 있는 뻔한 말로 이루어진 글은 시가 될 수 없다. 시는 완벽하고 완전한 상태를 추구하지만 결코 그곳에 도달할 수는 없다. 완전이나 완벽은 신의 영역이고, 인간이 시를 쓰는 건 그런 경지를 향해 가는 여정이기 때문이다.

진아의 남자 친구 길우(강길우)는 불의의 사고를 당해 오랫동안 의식불명 상태로 병원에 누워 있다. 진아는 자신 때문에 그렇게 됐다는 원망을 들을까 봐 문병 가는 것도 꺼린다. 사고 나기 전에 둘이 많이 싸웠고, 그날 저녁 한강에 가서도 다투다 길우를 남겨 두고 돌아선 게 계속 마음에 걸린다. 그때 화해하고 함께 돌아왔으면 사고가 나지 않을 수도 있었을 거라는 데서 오는 자책감이 줄곧 진아를 괴롭힌다. 그러면서 자꾸만 침대에 누워 있는 시간이 길어진다. 시도 안 써지고, 첫 시집을 내기로 하고 계약까지 마쳤는데도 마무리 퇴고하는 게 힘들다. 출판사 직원이 첫 시집을 내게 되어 기분이 좋지 않냐고 하자 좋다고 대답은 하는데, 목소리에 생기가 들어 있지는 않다. 애인이 깨어나길 바라지만, 자신의 힘으로는 어찌해 볼 수 없는 상황에 대한 무기력이 계속 진아를 짓누르고 있는 상태다.

"요즘에 가까운 사람들 만나는 게 너무 힘들어. 자꾸 괜찮냐고 물어보니까. 안 괜찮은데 괜찮다고 말해야 되잖아."

친구와 술을 마시면서, 괜찮냐는 말 같은 건 묻지 말라며 진아가 하는 말이다. 그런 슬픔과 고통을 견디는 진아의 일상이 영화의 기본 줄거리다. 하루는 진아가 친하게 지내는 선배에게 자신이 요즘 나사가 풀린 것 같은데 좀 조여 달라고 하자, 넌 좀 그래도 된다는 대답이 돌아온다. 예전에 하던 대로 일상을 살아가는 게 필요하다는 얘기겠다. 진아의 선배가 진아를 위로하며, "비극이란 게 그냥 안 지나가기도 하는 것 같아"라고 한 말이 오래 맴돈다. 시간이 아무리 많이 흐른다고 해서 비극의 기억이 어찌 아무렇지 않은 듯 지나갈 수 있겠는가. 영화 초반에 세월호 참사를 끌어들인 이유도 그런 비극의 기억을 우리 사회가 어떤 방식으로 감당해야 하는가 하는 점을 이야기하고 싶었기 때문일 테다.

안타깝게도 길우는 눈을 뜨지 못하고 세상을 떠난다. 그런 다음 영화는 진아가 '한강에게'라는 제목의 첫 시집을 내고, 한강을 찾아갔다 오는 장면으로 마무리된다. 한강 변은 두 사람과 친구들이 자주 어울려서 놀던 공간이다. 그런데 하필이면 길우가 술에 취해 한강에 빠지는 사고가 발생했다. 그 뒤로 진아는 전철을 타고 한강 다리를 지나갈 때마다 강물을 보지 않으려고 고개를 숙인 채 애써 외면하곤 했다. 그런 장소를 찾아가기로 한 건 길우의 죽음에 대한 애도와 함께 다시금 일상을 살아갈 수 있는 힘을 얻기 위해서였을 것이다.

마지막 화면이 흘러가는 동안 시집의 표제작이 진아의 목소리로 흘러나온다.

계단은 먼 곳으로 쏟아진다

강변에 서면 예외 없이 마음은 낮은 곳으로 미끄러진다

강물에 아직 그의 얼굴이 걸려 있고

흔들리는 다리에는

다 접지 못한 날개로 갈매기들이 앉았다

책의 첫 장에 그 사람을 써서 보냈다

그가 손목을 잡아당겼다

그의 말이 떠오르고 떠오르는 모든 것을 미워했다

다음 말을 골라야 했지만 물길이 높아져 있었다

빛들이 강 건너에 오래 떠돈다

유일한 증인처럼

강물은 가장 어두운 곳까지 손을 놓지 않고

망망한 것들은 흐르지 않기도 했다

돌아갈 길이 아득해 더 멀리 가고만 싶었던 날들에게

꿈이라고 꿈처럼 말해야 했지만

이 시는 처음에 박근영 감독의 작품으로 알려졌으나, 박시하 시인의 시 「영원히 안녕」을 바탕으로 해서 창작한 것으로, 여러 구절에서 유사점을 보인다. 그런 사실을 사전에 알지 못했던 박시하 시인이 뒤늦게 항의하자, 감독이 영화 작업 막바지에 시를 써서 삽입하는 바람에 원저자에게 양해를 구하지 못했다고 밝히며 공식 사과하고 서로 합의문을 작성했다. 현재 크레딧에는 박시하 시인의 시에서 모티브를 얻었다는 사실이 기록되어 있다.

시 첫 행에 '먼 곳'이라는 표현이 나온다. 의도적으로 그랬는지 모르겠으나 두 번째 영화 제목이 '정말 먼 곳'이라는 것도 의미심장하다.

2.

〈정말 먼 곳〉은 이른바 퀴어 영화다. 강원도 화천의 목장에서 일하는 진우(강길우)와 어느 날 불쑥 진우를 찾아온 현민(홍경)은 예전부터 애인 사이였다. 사람 많은 도시에 사는 동안 남들의 시선으로부터 많은 상처를 받았을 거라는 점은 어렵지 않게 짐작할 수 있다. 진우가 먼저 도망치다시피 산골 마을로 들어왔지만, 현민의 등장 이후 우연찮게 둘의 정체성이 드러나면서 다시 주변의 냉담한 시선들에 둘러싸인다.

진우를 찾아온 현민은 시인이다. 마침 성당에서 마련해 준 공간에서 시 쓰기 강좌를 열고, 현민은 주민들에게 시를 가르친다. 첫 수업에서 현민은 수강생들에게 시를 쓸 때 가장 어려운 게 뭐냐고 물은 다음, 자신이 생각하기에는 고정관념을 깨는 일인 것 같다고 말한다. 그러면서 창의적인 생각을 끌어내기 위한 연습을 해 보자며 칠판에 '휴대폰을'이라 쓰고 그 옆에 빈칸을 그려 놓은 뒤 어떤 말을 집어넣으면 좋을지 말해 보라고 한다. 그러자 수강생들에게서 '꺼낸다', '넣는다', '던진다', '부숴 버린다' 같은 대답들이 나온다. 그런 다음 휴대폰 대신 가을을 넣어서 연결해 보자고 한다. 그러자 '가을을 꺼낸다', '가을을 넣는다', '가을을 던진다', '가을을 부숴 버린다' 같은 문장이 나오고, 수강생들은 놀라워한다. 표현을 바꾸면 새로운 느낌이 찾아든다는 걸 깨달았기 때문이다. 이 장면을 보며 학교에서 시 쓰기 수업을 할 때 활용하면 좋겠다는 생각이 들었다.

　시의 기본 원리 중 하나는 서로 연결이 안 될 것 같은 걸 연결하는 것이다. 거리가 먼, 도저히 어울릴 것 같지 않은 걸 연결했을 때 "어? 그렇게 해도 말이 되네" 하는 순간 새로운 시가 탄생한다. 이 대목은 앞선 영화에서 진아가 학생들에게, 사실을 의심하기 시작하면 시가 된다고 말한 부분과 통하는 지점이 있다. 누구나 알고 있고, 누구나 생각할 수 있는 지점에서 멀어질수록 독자들의 마음을 흔드는 시가 나오기 마련이다. 시 쓰기가 어려운 이유이기도 하다.

　이 장면은 시 창작 강의를 통해 다른 낱말을 넣어서 문장을 바꿔 보는 경험을 해보는 게 중요하다는 것만을 이야기하려는 건 아닌 듯하다. 낯선 것, 익숙하지 않은 것이 틀리거나 나쁜 게 아니라, 그런 낯섦을 경원시하거나 두려워하지 않는 삶의 태도가 중요하다는 걸 말하고 싶었을 거다. 영화에는 퀴어 커플과 함께 치매 노인과 미혼모도 등장한다. 다들 우리 사회에서 소수자에 속하는 인물이다. 그런 인물들을 어떻게 바라보고 이해해야 할까? 감독이 관객에게 던지고 싶었던 질문일 텐데, 똑 부러진 해답 대신 등장인물들의 대사와 행동을 통해 간접적으로 전달한다.

　목장에서 생활하는 가족 중에 유치원에 갈 나이쯤 된 설이라는 여자 꼬마 아이가 있다. 그런데 이 꼬마는 진우를 엄마라고 부른다. 당연히 엄마와 딸이 될 수 없는 관계지만 설이에게 엄마가 없다 보니 아빠를 엄마라고 부르는 모양이라며 다들 대수롭지 않게 여긴다. 진우에게는 이란성 쌍둥이인 여동생이 있는데, 미혼인 상태에서 낳은 딸 설이를 진우에게 부탁해서 키우게 했다. 설이가 진우를 엄마라고 부르게 된 까닭은 그런 사연 때문이다. 진우가 저녁을 먹으며 어릴 적 경험을 이야기하는 대목이 있다. 엄마가 아파서 병원에 오래 계시는 바람에 이모 집에 살았고, 그때 아버지를 엄마, 이모를 할머니라고 불렀다고 한다. 사람과의 관계란 처음부터 주어지거나 고정된 게 아니고 삶의 조건에 따라 얼마든지 달라질 수 있다는 게 감독이 말하고 싶었던 핵심일 테다.

치매에 걸린 할머니가 걱정되긴 하지만 목장 식구들은 별다른 고민이나 어려움 없이 즐겁고 평온한 날들을 보낸다. 그러다가 5년 만에 진우의 여동생 은영이 목장으로 설이를 데리러 오면서 등장인물 간의 갈등이 시작된다. 은영은 그동안 고생해서 자리를 잡았고 결혼할 남자도 만났다며 이제 설이를 데려갈 조건이 마련되었다고 하지만, 진우는 그럴 자격이 없다며 설이를 보낼 수 없다고 한다. 설이와 친해지기 위해 은영이 며칠간 목장에 머물게 되는데, 그런 시간을 통해 삶에서 중요한 게 무언지에 대한 깨달음을 얻기도 한다. 이를테면 치매에 걸린 할머니가 식혜를 만드는 동안 계속 저어 주며 "이렇게 보면서 천천히 기다리는 게 중요해"라고 한 말이 그런 예에 해당하겠다.

잠시 제정신이 돌아온 것 같았던 할머니가 갑자기 사망하고, 할머니의 장례식장에서 진우 여동생이 진우와 다투다 홧김에 진우와 현민이 서로 좋아하는 사이라는 사실을 발설한다. 소문은 금방 퍼져서 그동안 가까이 지내던 마을 사람들이 진우를 바라보는 눈길부터 달라지고 가는 곳마다 뒤에서 수군거리는 소리가 들린다. 그와 함께 현민이 성당에서 진행하던 시 창작 강의도 폐강되고 만다. 그런 상황은 진우와 현민 사이에 갈등을 초래하고, 진우가 현민에게 모진 말을 내뱉는 상황까지 치닫는다.

"너 오고 나서 다 꼬였어. 너 오고 나서부터 하루도 마음 편한 적 없었고 매일 사람들 눈치 보느라 내가 얼마나 힘들었는 줄 알아?"

결국 다음날 새벽에 현민은 말없이 목장을 떠난다. 그런 상황에서 진우도 더 이상 목장에 머물 수 없겠다는 판단을 하고 목장 주인 중만에게 그런 마음을 전한다. 중만은 진우와 현민의 관계를 어느 정도 눈치채고 있었다며, 다 알 수는 없지만 이해할 수 있는 것들이 있는 법이라고 말한다. 하지만 우리 사회는 아직 중만처럼 편견 없이 소수자들을 대할 수 있는 조건을 갖추지 못하고 있다. 소수자들을 보호하기 위한 차별금지법이 오래도록 국회에서 잠자고 있는 상황만 보아도 그렇다.

설이를 엄마인 은영에게 딸려 보내기로 한 날 마침 양이 새끼를 낳을 기미를 보인다. 첫눈이 펄펄 내리고, 어둑해진 밤에 설이를 포함한 목장 식구들이 울타리 너머에서 갓 태어난 양이 비틀거리며 일어나 엄마 젖을 무는 걸 바라보는 장면으로 영화는 끝난다. 산등성이를 사선으로 비껴가며 내리는 첫눈, 어둑한 밤이 둘러싼 목장 울타리 안, 그리고 갓 태어난 양이 아직 힘이 붙지 않는 다리로 비틀거리며 어미에게 다가가려 애쓰는 모습은 내게 예수 탄생만큼이나 거룩한 순간을 떠올리게 했다. 진우와 현민, 그리고 설이 앞에, 이후 어떤 날들이 펼쳐질지 모르지만, 지금 당장 감당해야 할 이별의 아픔을 어루만져 주는 아름다운 장면이다.

영화 제목은 감독의 대학 동기인 박은지 시인이 2018년『서울신문』신춘문예에 당선한 작품 제목을 그대로 가져왔다. 그 시를 읽고서 영화를 구상하기 시작했다고 감독은 말한다. '정말 먼 곳'은 어떤 곳일까? 영화의 배경이 된, 진우가 사람들을 피해 숨어든 강원도 화천의 산골 마을일까? 그렇게 받아들여도 무방하겠지만, 단순히 특정 지역만을 말하는 게 아님은 분명하다. 제목에 대해 감독은 한 인터뷰에서 이렇게 말했다.

박 시인은 '정말 먼 곳'이 도달할 수 없는 곳이라고 말했고, 나는 안식처라고 대답했다. '내가 생각하는 나의 안식처가 나로부터 얼마나 멀리 있는가'라는 질문 자체가 '정말 먼 곳'이라고 생각한다. 시나리오를 보여 주면서 그런 얘기를 나눴다. (『독서신문』 2021. 4. 2)

영화 중간에 현민이 시 전문을 낭독하는 장면이 나온다. 제법 긴 시인데도 지루하게 다가오지 않고, 깊은 울림을 준다. 배우의 목소리 덕분이기도 하겠지만, 〈한강에서〉와 마찬가지로 낭독의 힘을 느끼게 해 주는 장면이다. 오래전 학교에서 근무할 때 강당에서 시 낭송의 밤 행사를 연 적이 있다. 학생들이 무대에 나와 배경음악을 깔고 시를 낭송하는 시간을 중심으로 삼으면서 사이사이 노래와 무용을 곁들인 행사였다. 꼭 이런 행사가 아니라도 국어 수업을 활용해 얼마든지 작은 시 낭송 시간을 가질 수도 있겠다. 학생 스스로 마음에 드는 시와 그에 어울리는 배경음악을 고르고, 낭송을 위해 여러 번 시를 읽으며 연습하는 동안 저절로 정서의 폭이 넓어질 수 있을 거라고 믿는다.

우리 사회에 낭독 문화가 널리 자리 잡지는 못했지만, 찾아보면 여기저기서 낭독 행사가 제법 열리고 있다. 한 편의 시가 한 편의 영화를 탄생시킨 셈인데, 나는 영화 속에 소개된 시의 '정말 먼 곳을 상상하는 사이 정말 가까운 곳은/매일 넘어지고 있었다'라는 구절에 오래 머물렀다. '정말 먼 곳'이 현실 저 너머의 세계를 상징한다면 '정말 가까운 곳'은 우리가 일상을 살아가는 현실을 가리킨다. 그 현실 속에서 우리는 수시로 넘어지고 무너진다. 그래서 역설적으로 '정말 먼 곳'이 필요한 게 아닐까? 정말 먼 곳을 상상하는 일이 '절벽에서 떨어지지 않을 수 있'는 힘을 줄 수 있다고 시인이 말한 것처럼. 시를 통해, 그리고 영화를 통해 '정말 먼 곳'을 상상하고 경험해 보는 시간을 누려 보면 좋겠다.

감독은 왜 두 작품 모두 시를 이야기 전개의 주요한 매개체로 삼았을까? 감독이 생각하는 시와 시인에 대한 다음과 같은 견해를 경청하는 것으로 글의 마무리를 삼고자 한다.

슬픔을 긍정하는 게 필요하다. 잊어야 할, 극복해야 할 대상이 아니라 슬픔에 예의를 다하는 것이 중요하다고 생각한다. '시인은 가장 늦게까지 울고 있는 사람이다'라는 말을 들은 적 있다. 시는 슬픔과 떼어 낼 수 없는 관계다. 슬픔을 끝까지 주시하고 있는 게 시인이며, 어떻게 보면 감정을 기억하는 것이 예술의 역할이라는 생각도 든다. (『씨네21』 2019. 6. 14)

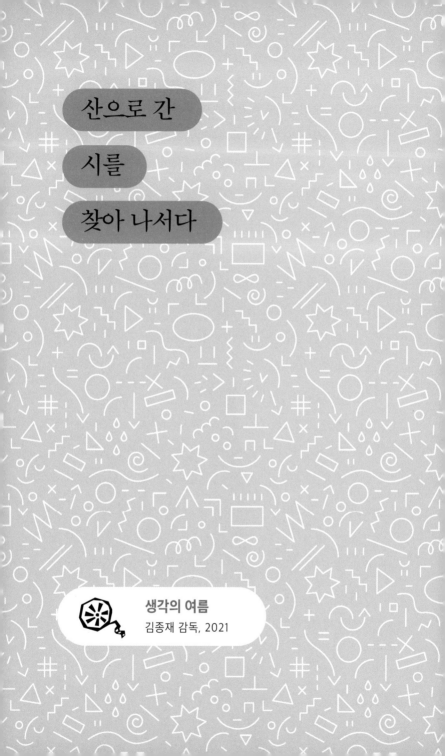

산으로 간

시를

찾아 나서다

생각의 여름
김종재 감독, 2021

내 또래의 시인들과 대화하다 보면 요즘 젊은 시인들의 시를 읽어 내기가 어렵다고 한다. 말을 너무 비틀고 의미보다는 이미지를 중시해서 대체 무슨 생각을 담아서 쓴 시인지 모르겠고, 그래서 시를 읽다 포기한 적이 많다는 얘기도 한다. 나 역시 젊은 시인들의 시가 어렵기는 한데, 그게 젊은 시인들의 시 창작 태도에 문제가 있는 건지, 시대에 맞춰 시가 변화하는 흐름을 읽어 내지 못하는 나의 한계인지 모호하긴 하다.

하지만 젊은 세대의 시가 앞선 세대 시인들의 시와 변별점이 없다면 그것도 문제인 건 분명하다. 젊은 시인들의 시에서 시대나 현실에 대한 고민이 사라지고 작은 일상에서 건져 낸 파편화된 이미지에만 치중하고 있다는 비판에 대해, 어떤 젊은 시인이 결코 그렇지 않다면서 자신들도 충분히 현실을 고민하고 있고 그런 문제의식이 시 속에 담겨 있다고 했다는 말을 들었다. 다만 그걸 녹여 내고 드러내서 보여 주는 방식이 다를 뿐이라는 얘기였다. 실제로 용산 참사나 세월호 참사가 일어났을 때 꽤 많은 젊은 시인들이 집회에 참가하고 행사장에 나와 시를 읽었다.

이런 곤혹스러움에 대해 원로 평론가 염무웅 선생이 황규관 시인과 나눈 대담에서 한 얘기들이 기억에 남는다. 염무웅 선생도 솔직히 젊은 시인들의 새로운 시에 대해 잘 모르겠으며 "도저히 뚫고 들어갈 수 없는 세계 앞에 서 있는 것 같"다고 고백한다. 그러면서도 자신이 그동안 사용해 오던 감각 기계들이 너무 낡아서 새로운 현상을 제대로 인식하지 못하는 게 아닌가 싶다고 했다. 새로운 과학적 발견과 새로운 문명 도구들의 발명이 우리 삶을 질적으로 바꾸었으므로 인간의 감각도 그에 맞게 바뀌는 건 당연한 일이고, 따라서 시를 감상하는 새로운 방법이 개발되지 않으면 안 된다고도 했다. 미술을 예로 들면 19세기 후반 인상파가 등장했을 때에 그런 유형의 그림을 받아들이지 못한 관객이 많았지만, 얼마 안 지나 인간의 시각이 적응하면서 거기에 익숙해졌다는 것이다. 그건 음악도 마찬가지였으므로 시라고 해서 다를 리 없다는 게 염무웅 선생의 말이었다. (『문학과의 동행』 한티재, 2018, 248~255쪽)

이미 2005년에 권혁웅 시인 겸 평론가가 황병승, 장석원, 김민정 시인 등을 예로 들며, 새로운 감각으로 무장한 시인들이 나타났으니 그들을 미래파 시인이라고 칭하자고 했었다. 지금은 이미 그 후세대 시인들이 활발하게 활동하고 있는 중인데, 그중에서도 대표 격이라고 할 만한 시인을 꼽으라면 황인찬 시인이 앞자리를 차지하지 않을까 싶다.

시단의 아이돌이라는 말을 듣기도 하는 황인찬 시인은 1988년생이다. 2010년에 등단했으니 이른 나이에 시단에 나온 셈인데, 등단 2년 만에 김수영문학상을 받고, 20대 중반을 갓 넘긴 나이에 문예지 『실천문학』 편집위원을 맡음으로써 존재감을 한껏 드러냈다. 『실천문학』은 1980년대에 분출하기 시작한 민중문학 운동을 선도하는 잡지였다. 그런 문예지의 편집위원을 맡았다는 것은 현실 문제를 결코 등한시하지 않음을 보여 주는 예이기도 하다. 문단의 평가와 더불어 독자들도 많아 시집이 나오면 그 순간 바로 2쇄, 3쇄에 들어갈 정도다. 실제로 아이돌그룹 샤이니를 좋아하고 스마트폰 게임도 즐긴다는 그는 확실히 젊은 세대의 감수성 곁에 바짝 다가서 있다.

황인찬 시인의 시는 과연 얼마나 난해할까? 내가 보기에 황인찬의 시는 다른 젊은 시인들의 작품에 비해 그리 난해한 편은 아니다. 다만 분명한 의미 대신 낯선 이미지와 감각적 표현이 두드러져 언뜻 그렇게 보일 뿐이다. 기존에 보아 오던

통상의 시 문법으로부터 비켜나 있다고 할까? 젊은 독자들은 또 그런 시들을 좋아한다. 시 전체뿐만 아니라 시에 사용된 이미지 혹은 마음에 와 박히는 구절이 있으면 그것으로 충분하다. 그러니 모호성 같은 건 문제가 되지 않는다. 시를 즐기는 법도 달라진 셈이다.

그런 황인찬 시인의 시를 가지고 만든 영화가 있다. 황인찬 시인과 동갑내기라는 김종재 감독의 장편 데뷔작인 〈생각의 여름〉이다. 김종재 감독은 힘들고 무기력한 상태에 놓여 있을 때 황인찬 시인의 시를 만나 힘을 얻었고, 특히 「무화과 숲」이라는 시가 영화의 모티브가 되었다고 한다. 영화 안에는 그 시 말고 「실존하는 기쁨」, 「오수」, 「현장」, 「무화과 숲」, 「소실」 등 총 다섯 편의 시 전문이 그대로 나온다.

영화는 시인 지망생 스물아홉 살의 현실(김예은)이 보내는 하루를 다룬다. 공모전 마감을 하루 앞둔 현실은 마지막 한 작품을 손보고 있으나 제대로 풀리지 않는다. 반려견 호구를 데리고 산책을 하고, 방을 닦고, 설거지를 하고, 화장실 청소를 하고, 빨래를 넌다. 그리고 옛 애인 민구가 버리고 간 물건들을 꺼내 보기도 한다. 그런 다음 다시 시를 완성해 보려 하지만 뜻대로 되지 않아 노트북을 그냥 닫고 만다. 선배에게 전화를 걸어 함께 점심을 먹자고 했으나 퇴짜 맞고 혼자 라면으로 때운다. 놀이터에 가서 트램펄린 위에서 뛰어 보기도 하지만 그것도 신통치 않고…. 그러다 무언가 결론을 내린 듯 신발을 등산화로 갈아 신더니 속으로 이렇게 외친다.

시가 산으로 갈 땐 산으로 가는 게 답이다.

현실은 배낭을 메고 산으로 향한다. 현실은 산에 가서 시를 만났을까? 현실이 산에서 만난 건 시 대신 주영이라는 친구다. 주영이는 이미 등단했고, 현실의 첫사랑과 바람을 피웠다. 당연히 어색하고 서먹한 관계일 수밖에 없다. 첫사랑을 빼앗겼을 때 현실은 주영에게 죽어 버릴 거라는 문자를 보냈었다. 현실은 그때 유서를 쓰려다 시를 썼다고 말한다. 시를 통해 구원을 받고자 했던 걸까? 시 속에 구원의 길이 있기는 한 걸까? 모를 일이기는 하지만 유서를 쓰지 않게 됐으니 시가 큰일을 한 건 분명하다. 이 장면에서 첫 번째 시「실존하는 기쁨」이 낭독된다. 시 내용은 현실이 겪은 일과 직접 연관성은 없으나 실존과 기쁨이라는 낱말의 결합이 위안을 주었을 법하다.

주영과 헤어진 현실은 문창과 남자 동기생 남희를 불러내서 술을 마신다. 남희는 마음을 터놓을 수 있는 좋은 친구다. 현실은 남희로부터 주영이 자신의 첫사랑과 이미 결혼했다는 얘기를 듣는다. 그런 남희도 자신의 전 여친이 결혼한다며 청첩장을 보내왔다는 얘기를 한다. 남희가 현실에게 쓴 시를 보여 달라고 한 다음 건네받은 시를 읽는다. 그게 두 번째 시 「오수」다. 술에 취한 남희는 전 여친 이름을 부르며 혼자 달려간다.

남희와 헤어진 현실은 집으로 돌아가다 낮에 전화했던 선배를 만난다. 밤이 이슥한 시간이다. 현실과 마찬가지로 남희도, 선배도 모두 사랑하던 여자들과 헤어진 상태다. 현실은 선배에게 자신이 쓴 시를 좀 봐 달라고 한다. 시를 읽고 난 선배는 현실에게 솔직한 거 같냐고 묻는다. 그게 시든 현실이든. 잘 모르겠다고 하자, 그건 솔직하지 않은 거라고 한다. 알면서도 모르는 척하는, 아니 모르려고 하는 거라는 말도 덧붙인다. 그러면서 시와 너를 분리해야 할 것 같다는 조언을 건넨다. 그게 가능하냐고 묻자, 쉽지 않은 일이긴 하지만 진짜 좋은 시를 쓰려면 옆을 볼 줄 알아야 한다고 말한다. 마지막 시만큼은 조금 냉정하게, 조금 떨어져서 관조적인 태도로 써야 한다는 선배의 말에 현실은 고개를 끄덕이며 수긍한다. 자신의 개인적인 문제와 고민에만 너무 깊이 빠져들지 말라는 충고이겠는데, 시 쓰기에서는 이게 무척 중요하다. 시가 자신의 생각과 감정을 표현하는 건 맞지만, 그걸 객관화할 줄 아는 능력이 필요하다는 얘기다. 그래야 자기만의 독백이나 징징거림에서 벗어나 독자의 감정이입을 끌어내 공감을 얻을 수 있다.

선배와 헤어진 현실은 자신이 오전에 알바를 했던 카페로 가서 마지막 시를 완성하려 한다. 옆에서 지켜보던 다른 알바생 유정이 현실의 시들을 보고 싶다고 하자 노트북을 넘겨주고 자리를 피한다. 호기심 어린 표정으로 시를 들여다보는 유정, 그리고 이어지는 「현장」이라는 제목의 시 낭독. 시를 다 읽고 난 유정은 시가 너무 좋다며 노트북 화면을 핸드폰으로 찍는다. 그런 다음 현실에게 힘내라며 파이팅을 외쳐 준다. 그래도 시는 안 풀리고, 현실은 아무래도 옛 애인 민구를 만나야겠다고 생각한다. 그래야 시가 완성될 것 같다면서.

전화를 받고 떨떠름해 하는 민구에게 마지막이라며 사정하듯 얘기한 끝에 놀이터에서 만나기로 한다. 무슨 일이냐고 묻는 민구에게 현실은 말없이 자신의 시 한 편을 건넨다. 감독이 영화의 모티브를 얻었다는 「무화과 숲」이다.

시를 읽고 난 민구는 이제 좀 시인 같다고 말한다. 시인 같은 게 뭐냐고 하자 민구는 슬퍼도 슬퍼하지 않는 거, 그런 게 시적이라고 답한다. 이거 때문에 보자고 한 거냐는 민구의 물음에 현실은 막상 만나면 할 말이 없을 거 같아서 대신 시를 보여 준 거라고 한다. 그래 놓고는 갑자기 우리가 왜 헤어진 거냐고 묻는다. 민구는 "노 코멘트"라는 말로 응답한다. 말해도 달라질 게 없기 때문이며, 설사 달라진다 하더라도 안 좋게 달라질 거라는 게 민구의 냉정한 판단이다. 민구는 현실에게 더 이상 자신에게 기대하지 말고 기대지도 말라고 한 다음 둘이 이런 대화를 주고받는다.

"만약에, 만약에 우리가 길 가다가 우연히 마주치잖아. 그때 도망쳐. 그게 멋있잖아. 마치 항상 가슴속에 삼천 원을 품은 사람들처럼."

"내가 왜 도망치냐? 니가 도망쳐라."

"오케이. 대신 절대 아는 척하기 없기다. 알겠지?"

"알겠지?"라고 다시 한 번 큰 소리로 외치는 민구의 제안에 현실은 뚜렷한 대답을 내놓지 않은 채 만남을 끝낸다. 집으로 돌아온 현실은 그동안 매만지고 있던 마지막 시를 지우고 다른 시를 쓰기 시작한다.

다음날, 현실은 반려견 호구를 데리고 집을 나선다. 손에는 원고를 담은 서류 봉투가 들려 있다. 우체통을 찾아 봉투를 넣고 다시 집으로 돌아오는 현실의 표정이 밝다. 낮잠을 자다 꾼

꿈속에서 현실은 민구 앞에 서서 마지막 시 「소실」을 읽는다.

잠에서 깨어난 현실은 시 속에 있는 '눈을 뜨니/여름이 다 지나 있었다'라는 구절을 읊조린다. 그러더니 벌떡 일어나 호구를 데리고 공원과 놀이터에 다녀온다. 그리고 칫솔질을 한 다음 꿈속에서 입었던 원피스를 입고 거리로 나가는 현실. 신호등 앞에 서 있는 현실 옆에 민구가 등장한다. 둘은 모르는 사이처럼 쳐다보지도 않는다. 신호등에 파란불이 들어오는 순간 몸을 돌려 동시에 힘껏 달리는 두 사람. 현실의 유쾌한 웃음과 함께 영화는 끝난다.

여름은 끝났고, '이 손을 언제 놓아야 할까' 생각만 하던 고민도 끝났다. 그렇게 여름을 건너온 현실에게 어떤 시간이 다가오게 될까? 현실은 과연 당선이라는 통지표를 받게 될까? 시도 마찬가지지만 영화도 관객에게 답을 주기 위해 만드는 건 아니므로 이후의 시간은 흘러가고 싶은 대로 흘러갈 것이다.

영화 속 시를 쓴 시인 황인찬은 『경향신문』과 가진 인터뷰 (2021. 8. 11)에서 영화에 대한 자신의 소감을 밝히며, 현실이 그 작품들로는 등단을 못 했을 거라고 말한다. 공모전에 맞도록 시들을 적절한 구성에 맞추어 묶어 보내야 하는데, 영화 속 시들은 그렇지 않아서 자신이 만일 심사 위원이었다면 떨어뜨렸을 거라며. 그리고는 "등단과 별개로 현실은 앞으로도 계속 술 먹자고 징징대고, 피하는 사람도 붙잡으며 타인들과 만남을 이어갈 것 같"다고 말한다.

영화는 내용도 중요하지만 무엇보다 극 중 캐릭터를 어떻게 설정하느냐가 영화의 성패를 좌우하곤 한다. 황인찬 시인은 〈생각의 여름〉이 귀엽고 건강한 영화라서 좋았다고 했다. 주인공 현실이 딱 귀엽고 건강한 캐릭터다. 초반에 무기력 상태에 빠져 있는 것처럼 보였던 현실은 마지막에 유쾌하고 발랄한 모습을 보여 준다. 중간 중간 현실의 엉뚱한 모습들도 자주 등장한다. 칫솔에 묻힌 치약이 떨어져 나갔는데 그것도 모르고 그냥 칫솔질을 하는 현실, 생수병에서 컵으로 물을 따른 다음 그냥 생수병을 입에 대고 마시는 현실, 알바를 하는 카페에서 근무를 마치고 나갔다가 다시 들어와서 교대한 알바생에게 손님 노릇을 하며 아메리카노를 시키는 현실의 모습들이 그렇다. 시를 쓰는 사람이 틀에 박힌 듯한 모습이나 완벽주의자의 면모를 보인다면 몸에 맞지 않는 옷을 입고 나타난 주인공 같지 않을까? 그런 면에서 현실이라는 캐릭터가 영화를 잘 살리고 있다는 생각을 했다.

시단의 아이돌답게 유튜브에는 황인찬 시인의 강연이나 대담, 인터뷰 등이 무척 많이 올라 있다. 시인에게 인기가 많다는 건 좋은 일도 나쁜 일도 아니지만, 시인을 직접 만나거나 시인의 육성을 듣고 싶어 하는 독자들이 많고, 그런 만남과 대화의 자리를 만드는 건 시와 독자의 거리를 좁힐 수 있다는 측면에서 바람직한 일이라고 본다. 황인찬 시인은 오은 시인이 하는 유튜브 '책읽아웃 오은의 옹기종기'에 초대 손님으로 나와서 데뷔 당시의 이야기를 주고받았다. 황인찬 시인은 습작하고 투고하던 시절에 한 번도 본심에 올라가 본 적이 없었다고 한다. 그러면서 이렇게 덧붙였다.

"군대를 가야지 하는 타이밍에 데뷔를 하게 됐는데, 항상 투고하면서 생각했던 게 뭐였냐면, 나는 데뷔를 빨리 하긴 어려울 수 있다, 하지만 데뷔만 하면 무조건 잘된다, 혼자 그런 생각을 하면서 버텼던 거죠."

그럼에도 황인찬 시인은 남들에 비해 데뷔를 무척 빨리 했다. 그만큼 재능이 있었다는 말이 되겠다. 영화 속 현실은 서른을 앞둔 나이에도 아직 데뷔를 못 했지만 황인찬 시인처럼 데뷔만 하면 무조건 잘되는 시인이 될 수 있도록 응원하고 싶다.

'생각의 여름'이라는 영화 제목이 독특하다. 보통은 '여름의 생각'이라는 표현을 떠올리기 쉬운데, 순서를 뒤바꿨다. 이런 게 중요하다. 한 번 비트는 것, 거기서 예기치 않은 의미와 감각이 생겨나기 때문이다.

그런데 제목 때문에 문제가 생겼다. '생각의 여름'은 싱어송라이터인 박종현이 2009년부터 활동해 온 자신의 1인 프로젝트 이름이었기 때문이다. 영화에 사용한 시들은 사전에 황인찬 시인에게 사용 승인을 받았지만, 제목에 대해서는 그런 절차를 밟지 않았다. 당연히 가수는 반발했고, 감독은 박종현 가수의 프로젝트 이름에서 제목을 빌려온 걸 인정하면서 사과했다. 하지만 영화 찍을 때부터 문제 제기를 했는데 자막에도 안 넣고 뒤늦게 그것도 성의 없는 사과로 넘어가려 한다며 여전히 반발하고 있는 중이다. 너무 아쉬운 대목이다. 박종현은 '생각의 여름'이라는 말을 지을 때 사춘기를 떠올렸다고 한다. 사춘기(思春期)가 생각의 봄에 해당한다면 그 시기가 지난 이후의 시간은 생각의 여름에 해당하지 않겠냐는 게 박종현이 그런 작명을 한 까닭이라고 한다. 영화를 만들며 중요한 생각 하나를 놓쳐 버린 감독의 실수가 오점으로 남았다. 시인들은 시를 쓸 때 낱말은 물론 구두점 하나까지도 고민하며 신경 쓰고 있다는 사실을 떠올리면서, 영화를 만드는 일도 그와 같아야 하지 않을까 싶었다. 세상에는 사소한 일이라는 게 없다는 사실과 함께.

두 번째로

슬픈 사람이

쓰는 시

생일
이종언 감독, 2019

때로는 보고 싶지 않거나 보기 힘든 영화들이 있다. 영화가 나빠서 혹은 잘못 만들어서 그런 게 아니라, 영화가 담고 있는 내용이 너무 무겁거나 슬퍼서 차마 감당하기 힘들다고 여겨질 때 그렇다. 세월호 참사를 다룬 극영화도 그런 경우에 해당하지 않을까? 그런 의미에서 〈생일〉은 미리 눈물 흘릴 각오를 하지 않으면 보기 힘든 영화다.

2014년 4월 16일, 수호는 다른 친구들과 함께 기울어 가는 세월호 안에 있었고, 이후 집으로 돌아오지 못했다. 돌아오지 못한 건 수호만이 아니었다. 수호의 아버지 정일(설경구)은 세월호 참사가 일어났을 때 한국 땅에 없었고, 참사 이후로도 오랫동안 집으로 돌아오지 않았다. 나중에야 베트남의 공장에 파견 근무 중일 때 파업이 일어났고 그 와중에 노동자 한 명이 사고사로 죽었는데, 그 일로 3년 동안 감옥에 있었다는 게 밝혀진다. 하지만 뒤늦게 돌아온 남편에 대한 원망 때문에 아내 순남(전도연)의 마음은 차갑게 식어 있었다. 남편이 여행

가방을 들고 현관에서 벨을 누르며 아내를 부르지만 아내는 문조차 열어 주지 않는다. 할 수 없이 발길을 돌린 남편은 자신의 여동생 집에 가서 묵는다. 초등학생이 된 수호의 동생, 즉 자신의 딸인 예솔이도 수업이 마치길 기다렸다가 학교 교문 앞에서 따로 만난다. 아내가 계산원으로 일하는 마트 앞까지 찾아가서 전화를 걸지만 아내는 나중에 자신이 따로 연락하겠다며 만남을 회피한다. 다시 집으로 찾아온 남편에게 이혼 서류까지 내민다.

수호 엄마는 유가족들의 모임이나 행사에도 잘 나가지 않고 혼자 슬픔을 견디는 중이다. 여동생 예솔이도 갯벌 체험 행사장에 갔다가 다른 친구들은 다 조개를 잡으러 가는데 혼자만 갯벌로 들어가지 못할 정도다. 그런 고통의 시간을 함께하지 못한 수호 아버지는 미안함과 자책감 때문에 선뜻 아내에게 다가가지 못하고 곁을 맴돈다.

"당신 여기 있을 자격도 없어. 우리 그런 일 겪고 있을 때 당신 뭐 했어? 이제 와서 당신이 아빠라면 그냥 아빠야? 예솔이 안고 바닷가에 들어가려고 했다며? 걔 자기 집 욕조도 못들어가는 애야. 알아?"

남편이 부재하는 동안 혼자서 고통의 시간을 견뎌 와야 했던 기억을 떨쳐 내기 힘든 아내는 돌아온 남편에게 원망의 말을 쏟아 낸다. 그렇게 불편한 상태를 이어 가던 중 유가족들을 지원하는 단체에서 희생 학생들의 생일잔치를 해 오고 있는데, 수호의 생일잔치도 열어 주겠다는 제안을 해 온다. 전해에도 열어 주려고 했으나 수호 엄마가 거절하는 바람에 해주지 못했다면서. 수호 아버지는 찬성하지만 이번에도 수호 엄마는 완강히 거부한다.

중간에 남편이 아들의 여권에 출국 도장을 찍기 위해 애쓰는 장면이 나온다. 아들이 자신을 만나러 베트남에 가기 위해 만들어 놓고 사용하지 못한 여권이다. 한 번도 해외에 나가 보지 못한, 그래서 아무것도 찍히지 않은 여권을 바라보던 남편은 여권을 들고 공항을 찾아간다. 당사자가 이 세상에 없으니 규정상 당연히 찍어 줄 수 없는 일이다. 거듭된 부탁에도 강하게 거부하는 출입국사무소 직원에게 "뭐가 그렇게 어렵습니까? 종이에 도장 하나 찍어 주는 게 그렇게 어렵습니까?" 하며 눈물로 호소한 끝에 결국 출국 도장을 받아 온다. 관객들의 마음을 먹먹하게 만드는 장면 중 하나다.

이 일화는 영화 속 모델과는 다른 희생자인 단원고 2학년 4반 최성호 군의 아버지 최경덕 씨의 사례에서 빌려 왔다. 최경덕 씨는 참사 당시 말레이시아에 파견 근무 중이었고, 여름방학 때 성호를 부를 생각으로 왕복 항공권을 구입해 놓았다.

그러다가 참사가 발생했고, 여권을 사용조차 못 해 본 아들을 위해 출국 예정일이었던 7월 25일에 인천공항으로 가서 출국 도장을 받았다. 영화에 나오는 것과 마찬가지로 쉬운 일은 아니었으나 애틋한 부정(父情)이 공항 직원들의 마음을 움직일 수 있었다. 그렇게 해서 받은, 처음이자 마지막으로 성호의 여권에 찍힌 도장이었다. 이 일화는 소설가 김탁환이 세월호 참사만 다룬 소설을 모은 중단편집 『아름다운 그이는 사람이어라』(돌베개, 2017)의 「돌아오지만 않는다면 여행은 멋진 것일까」라는 제목으로 된 작품에 잘 그려져 있다.

아내는 결국 생일잔치 자리에 참석한다. 죽은 아이의 생일잔치를 열어 주는 건 그런 행사를 통해 참석자들이 희생당한 아이와 함께했던 시간들을 돌이켜 추억하고, 그럼으로써 잊지 않고 오래도록 기억하기 위함이다. 그래서 생전에 찍은 사진들을 화면에 띄워 함께 보고, 돌아가면서 희생 학생에 대한 추억들을 풀어놓는다. 그런 다음 마지막 순서로 시인이 희생 학생의 목소리를 받아 적은 생일시를 낭독한다. 생일시 행사는 정신과 의사 정혜신 씨와 남편인 심리기획가 이명수 씨가 중심이 되어 안산에 있는 치유 공간 '이웃'에서 오랫동안 실제로 진행해 왔다. 시를 통한 치유 프로그램으로 기획한 것인데, 그만큼 시가 가진 힘을 믿고 있기 때문이다. 생일시 의뢰를 받은 시인들은 여러 차례 가족과 친구들을 만나 희생 학생에 대한 이야기를 들은 다음, 아이의 목소리를 빌려 시를 썼다. 그런 만큼 시는 상상력의 산물을 넘어 생생한 육성으로 다가온다.

영화에서 수호로 나오는 인물의 모델은 단원고 2학년 6반 선우진이다. 영화에는 생일시 제목이 '엄마, 나야'라고 나오지만 원제는 '우리들의 시간은 꽃이었어요'이고, 이규리 시인이 썼다. '엄마, 나야'는 생일시를 엮은 시집(『엄마, 나야』, 난다, 2015) 제목이며, 시집에는 모두 34명의 생일시가 실려 있다. 그리고 영화에선 수호 아버지가 베트남에 가 있다 돌아오는 걸로 설정되어 있는데, 영화의 모델이 된 우진이의 아버지는 우진이가 초등학교 6학년으로 올라갈 무렵 큰 사고를 당해 오랫동안 병원 생활을 하다 우진이가 수학여행을 떠나기 몇 달 전에 돌아가셨다. 시에 나오는 박순남은 우진이 엄마의 실제 이름이고, 예슬이로 나오는 여동생의 실제 이름은 효진이다. 아버지가 의식불명 상태에 빠진 다음부터 우진이는 앞으로 자신이 엄마를 돌보고 지켜 주어야 한다는 생각을 했다. 그래서 일부러 엄마에게 "순남아" 하는 식으로 이름을 부르곤 했다. 이제부터 자신에게 의지하라는, 우진이만의 표현 방법이었다.

나무에게

들판에게

또 흘러가는 구름에게 가서

어디 있느냐고

내 사랑이 어디에 있느냐고 물어보았습니다

막막해서,

어머니 보이지 않는 이곳은 어디인지

도무지 알 수 없어서

그저 기다릴 수만은 없어서

애써 마음을 추슬러 어머니를 찾았습니다

늦은 밤이나 새벽

아무런 기척도 없는데 현관 센서 등이 반짝

켜지곤 했지요?

놀라지 마세요

어머니, 저예요

이제 저는 보이지 않게 가고

보이지 않게 차려 놓으신 밥을 먹고

보이지 않게 어머니를 안아요

다시 놓지 않으려 당신을 꼭 안아요

그때 센서 등이 반짝, 켜지는 거예요

혹시 오늘 제 생일이라서

먼 타국에서 아버지가 오시지 않았나요?

아버질 찾아갔었어요

이젠 어머니가 내 어깨에 기댈 수 없으니

예솔이 옆에 제가 없으니

아버지가 돌아와서

어머니와 예솔이를 꼭 안아 달라고 말씀드렸어요

혹시 아직 오시지 않았더라도 너무 걱정하지는 마세요

아버진 곧 오실 거니까요

사랑해요

나의 애인, 나의 사랑

박순남

슬픈 어머니

보고픈 어머니

그리운 그리운 그리운 나의 어머니

원작 시는 7쪽에 이를 만큼 길다. 그중에서 일부 대목을 가져왔고, 살짝 변형한 부분도 있으며, 중간에 아버지가 나오는 대목은 영화를 만들면서 추가로 삽입한 구절들이다. 우진이의 짧은 생애는 영화에 그려진 내용과 비슷하지만, 아무래도 영화에 맞게 부분적으로 각색할 수밖에 없었고, 실제 삶은 단원고 희생 학생들의 삶을 기록한 『416 단원고 약전 : 짧은, 그리고 영원한』(굿플러스북, 2016)에 자세하게 나와 있다. 세월호 참사 이후 많은 작가들이 참사의 의미와 슬픔을 기록하는 일에 동참해 왔다. 희생 학생과 교사에 대한 약전 작업도 그렇게 해서 이루어졌으며, 지금도 매월 마지막 주 토요일 오후 4시 16분에는 돌아오지 못하는 세월호 희생자 304명을 기억하기 위한 '304 낭독회'가 작가들 중심으로 이어지고 있다.

2017년 3월 24일 저녁, 나는 안산에 있는 4.16기억저장소 전시관에 있었다. 2016년 9월부터 7개월째 매주 금요일 저녁마다 교사 문인 단체인 교육문예창작회 회원들이 그곳에 모여 희생 학생과 교사들을 기억하기 위한 기억시 낭송회를 진행하고 있었기 때문이다. 그날은 마침 바다 깊은 곳에 가라앉아 있던 세월호가 물 밖으로 나오던 날이었고, 나는 그 자리에서 미수습자인 허다윤 학생을 위해 쓴 시를 읽었다.

이제 그만 나오너라
— 2학년 2반 허다윤

다윤이가 사랑했던 건 민트
옷도 민트 신발도 민트
아빠, 아이스크림 사 주세요
물론 아이스크림도 민트

다윤이가 사랑했던 건 깜비
윤기 나는 까만 털에
두 귀는 쫑긋한
깜비는 다윤이 껌딱지

다윤이가 사랑했던 건 비스트
그중에서도 양요섭
깜찍하고 귀여운
비스트 사진은 다윤이 보물

다윤이가 싫어했던 건 물
어릴 적 물에 빠진 뒤로

목욕탕에 가서 누가

물이라도 튀기면 화들짝 놀랐지

엄마는 다윤이가 좋아하던 민트 색 니트를 입고 다닌다는

구나.

깜비는 화랑유원지 분향소 다윤이 사진 앞에서 눈물을 흘렸

다는구나.

서윤이 언니는 다윤이에게 줄 비스트 사진를 간직하고 있다

는구나.

그러니 다윤아, 이제 그만 나오너라.

네가 그토록 무서워했던 물속에서 어찌 이리 오래 있단 말

이냐.

다윤아, 다윤아

아무리 소리쳐 불러도

풀리지 않는 문제처럼 답이 없는

저 거대한 침묵의 바다 앞에 가만히 무릎을 꿇는다.

그날따라 행사가 진행되는 기간 동안 한 번도 찾아오지 않

던 언론사 기자들이 잔뜩 몰려왔다. 마침 세월호가 올라오는

날이라 그랬을 것이다. 카메라가 돌아가고, 몇몇 기자는 인터뷰 요청을 해 오기도 했다. 왜 이제야 부산을 떨듯이 찾아와서 그러나 싶은 마음도 있었지만, 세월호가 물 밖으로 나왔다는 사실만으로도 고마운 날이었다.

시에 치유의 힘이 있느냐고 물으면 뭐라고 대답해야 할까? 자신 있게 그렇다고 말할 처지는 아니지만 치유의 사례가 없지는 않다. 기억시 낭송회 때 유가족과 참석자들이 낭독하는 시를 들으며 눈물 흘리는 장면을 자주 보았다. 흔히 말하는 카타르시스, 감정의 정화라는 게 이런 경우에 해당하는 게 아닐까? 눈물이야말로 가슴에 맺힌 걸 풀어 주고 마음을 깨끗하게 해 주는 힘이 있다는 걸 믿는다면, 시가 때로는 눈물로 통하는 길잡이 역할을 할 수도 있다고 생각한다. 하지만 시로 모든 슬픔을 표현하거나 대신해 줄 수 없다는 것 또한 분명하다. 심보선 시인은 '두 번째로 슬픈 사람이 / 첫 번째로 슬픈 사람을 생각하며 쓰는 게 시'(「오늘은 잘 모르겠어」 중에서)라고 했다. 슬픈 사람이 혼자 슬프지 않게, 외로운 사람이 혼자 외롭지 않게 곁에 있어 주는 역할, 그게 시인에게 주어진 소명일 수도 있겠다.

사람들은

언제, 왜

시를 읽을까?

시 읽는 시간
이수정 감독, 2016

이수정 감독이 자신의 다큐멘터리 작업에 초대한 다섯 명의 사람이 있다. 파주 출판단지에 있는 출판사에 다니면서 온종일 교정지만 들여다보는 생활에 지쳐서 신경안정제까지 먹어야 했던, 그래도 안 돼서 결국 직장을 그만두어야 했ㅡ본인 표현으로는 탈출했던ㅡ오하나. 안정된 직장에서 20년 가까이 성실하게 일했으나 어느 순간 자신의 존재 의의가 사라져 버린 듯한 느낌에 시달리고 결국 차도 못 탈 정도의 공황장애를 겪게 된 중년의 김수덕. 일러스트 작업만으로는 생업이 안 돼, 일이 끊기면 직장에 다니고 돈이 좀 모이면 다시 일러스트를 그리는 불안정한 생활에 대한 걱정을 게임으로 해소하는 안태형. 30년 동안 기타 만드는 공장에서 최저임금을 받으며 야근을 밥 먹듯이 했지만, 어느 날 갑자기 사업주가 공장 문을 닫으면서 몇 년째 길거리에서 폐업 반대와 복직을 외치며 투쟁하고 있는 노동자 임재춘. 일본에서 태어나 한국으로 유학 와서 페미니즘을 공부하는, 어릴 적부터 감정 표현이 풍부했으나 그런 성격이 오히려 친구들 사이에서 따돌림을 받는 계기가 되고, 여성에 대한 차별을 겪으며 세상의 모순을 몸으로 체득한 것을 그림 등으로 표현하는 아티스트 하마무. 다섯 명의 처지는 각기 다르지만 모두 불안하고 위태로운 삶을 살고 있다. 이들에게 시란 과연 무엇이고, 이들의 삶에 시가 어떻게 다가갈 수 있을 것인가 하는 질문이 감독의 의중을 형성하고 있다.

영화의 전반부는 다섯 명이 지금까지 살아온 삶을 담담하게 서술하는 장면으로 이루어져 있고, 후반부는 다섯 명이 각자 시를 읽고 시에 대해 이야기하는 장면으로 구성했다. 오하나는 임경섭 시인의 「새들은 지하를 날지 않는다」와 「죄책감」, 김수덕은 이정하 시인의 「지금」, 안태형은 심보선 시인의 「오늘 나는」, 임재춘은 김남주 시인의 「자유」, 하마무는 자신이 직접 창작한 「살아 있는 쓰레기」를 읽는다. 이정하는 대중에게 널리 알려진 편인 이정하 시인과는 동명이인으로, 본래 영화 평론가였으며 이수정 감독의 남편이기도 하다. 그리고 심보선 시인은 직접 출연해서 촬영까지 했지만, 전문 시인보다는 일반인들이 시를 읽는 모습으로 일관성 있게 가져가는 게 좋겠다는 판단에 따라 편집 과정에서 뺐다고 한다.

낭송은 안 했지만 안태형의 작업실에 김기림(1908~?) 시인의 대표작 「바다와 나비」를 필사해서 붙여 놓은 걸 카메라로 잡아 보여 주기도 했다. 나비가 호기심에 바다로 나아갔다가 물결에 절어서 지쳐 돌아온다는 내용의 시다. 국어 교과서에 빠지지 않고 실리는 김기림 시인의 대표작이다. 안태형은 왜 하필 이 시를 적어서 작업실에 붙여 놓았을까? 자신의 처지가 무대책의 상태에서 바다라는 넓은 세상으로 나아가려 했던 나비에 이입되어 그랬던 건지도 모르겠다.

다섯 명이 선택한 시는 나름대로 그들에게 위안이나 힘을 주는 작품이었을 것이다. 그중에서도 나는 하마무와 임재춘에게 끌렸다. 일본인인 하마무는 한국말을 능숙하게 구사하는 듯하면서도 복잡한 생각을 표현할 때에는 마땅한 말이나 표현을 못 찾아 서툴게 이어지곤 한다. 하마무는 자신이 쓴 시로 시화를 만들어 전시하고 싶어 한다. 그 과정에서 하마무는 일본어로 쓴 자신의 시를 오하나에게 번역해 달라고 부탁한다. 두 사람이 머리를 맞대고 적합한 한국어 표현을 찾기 위해 애쓰는 모습이 인상 깊게 다가왔다. 오하나는 하마무의 작업을 도와주면서 곁에 그런 친구 하나 있다는 게 칙칙한 삶에 불이 하나 탁 켜진 것 같다고 했다. 그런 연대 혹은 자매애가 지닌 힘에 대해서도 생각해 볼 수 있었다.

하마무는 언어가 별로 힘이 없다고 생각한다. 자신이 생각하고 있는 걸 말로 정확하게 표현하지 못하는데, 그런 불안한 언어로 사람들과 이야기를 나눈다. 그러면서 시는 언어인데 자신에게는 언어가 아닌 것 같은 느낌이 든다고 말한다. 모호한 표현이긴 하지만 언어가 가진 한계와 모순을 제대로 짚고 있는 말로 다가온다. 한편, 시는 언어인데 언어가 아닌 것 같다는 말을 나는 시는 언어로 쓰이긴 하지만 직접 서술이 아니기 때문에 오히려 일상 언어 이상의 의미를 전달하는 힘을 가질 수 있다는 뜻으로도 받아들였다. 하마무는 이렇게 말한다. 아픔이나 고통에서 그림이나 시 쓰기 작업을 하려는 힘이 생기는 것 같다. 그렇게 해서 뭔가 변화가 있다는 것보다는 일종의 진통제 역할을 해 주는 것 같다. 살면서 쓰러지지 않게 받쳐 주는 힘으로 작용한다. 하마무가 그림을 그리고 시를 쓰는 건 자신의 존재 의미를 찾는, 생존을 위한 안간힘인지도 모른다.

하마무는 자신의 창작시 「살아 있는 쓰레기」에서 줄곧 희망이 없다는 사실을 이야기한다. 밤이 너무 깊어 빛조차 잃어버릴 정도라고 하는가 하면, 자신에게는 아무것도 남아 있지 않으므로 그냥 사라져 없어지거나 음식물 쓰레기가 되고 싶다고 말한다. 하마무의 시는 특별한 시적 꾸밈이 없는 걸 떠나 지나치다 싶을 만큼 자신이라는 존재에 대한 규정이 가혹하다. 자신을 쓰레기로 칭하는 이토록 도저한 절망의 근원은 무엇으로부터 왔을까? 하마무는 자신에 대해 스스로 자존감이 낮고 잘난 게 하나도 없는 사람이라는 말을 한다. 시에 쓴 그대로 살아 있는 쓰레기 같은 존재로 여긴다는 거다. 하지만 그래서 오히려 좋다는 게 하마무의 판단이기도 하다. 자기가 잘났다고 생각하는 사람보다 자신에게 자신감이 없는 사람이 오히려 다른 사람이 갖고 있는 고통이나 아픔에 대해 완벽하게는 아니더라도 알려고 하는 노력을 할 수 있을 거라는 믿음 때문이다.

임재춘은 내성적인 데다 말이 느리고 어눌하다. 글이나 시를 읽을 때에도 중간에 툭툭 끊긴다. 그래서 행사장에서 시를 읽어야 할 때면 미리 혼자서 읽는 연습을 한다. 그런 그가 해고자의 처지를 알리기 위해 남들 앞에 나와 콜밴이라는 밴드를 만들어 연주하고, 연극 무대에 올라 배우로 참여하고, 자신이 겪은 일을 글로 써서 책으로 내기도 했다. 공장 문을 닫지 않았다면 결코 남들 앞에 나와 마이크 한 번 안 잡았을 사람, 임재춘. 참 묘한 사람이다. 그래서 이수정 감독은 따로 임재춘에게 카메라를 들이민 〈재춘 언니〉라는 제목의 다큐멘터리도 만들었다. 말도 별로 없이 농성장 한 켠에서 궂은일을 도맡아 하는 임재춘을, 이수정 감독은 물론 주변 사람들이 친근감을 담아 '재춘 언니'라고 부르곤 했다. 이수정 감독이 임재춘에게 끌린 건, "단지 피해자의 분노와 억울함에 머물며 고착된 삶이 아닌, 다른 언어를 새롭게 배우고 다른 관계를 맺으며 자기를 넘어서야 했던 시간들"을 보았기 때문이다. 이수정 감독은 나희덕 시인과 가진 대담에서 임재춘에 대해 "시를 읽어야 하는 역할을 부여받고 정말 손을 부들부들 떨고, 시 읽는 연습을 하고, 그 시를 읽는 순간의 모습이 너무 아름다웠"다고 했다.

나도 재춘 언니를 만난 적이 있다. 임재춘은 대전에서 세계적인 명품 기타를 생산하는 콜텍 공장에 근무하고 있었다. 그리고 인천시 부평구 갈산동에는 콜텍보다 먼저 세워진 같은 계열의 콜트 공장이 있었다. 사업주는 두 공장을 차례로 폐쇄하는 동시에 노동자들을 해고했으며, 임금이 싼 인도네시아와 중국에 새로운 공장을 세웠다. 졸지에 해고자가 된 콜트악기 노동자들은 공장 안에서 농성을 시작했고, 이어서 대전의 콜텍 해고 노동자들이 인천으로 올라와 합류했다. 이른바 콜트-콜텍 노동자들의 장기 농성이 시작된 것이다. 그러다 공장 건물에서 쫓겨나 공장 앞 길거리에 천막을 세우고 농성을 이어 가야 했다. 그 무렵 나에게 시 낭송 요청이 와서 길거리 천막 농성장을 찾았다. 옛 기록을 찾아보니 2013년 3월이었다. 그때 이미 콜트-콜텍 노동자들의 투쟁은 7년째로 접어들고 있었다.

주최 측에서 내게 요청한 건 내가 읽을 시 한 편과 농성자 중 재춘 언니가 읽을 시 한 편을 따로 보내 달라는 거였다. 시 낭송 행사는 매주 한 번씩 재춘 언니와 초대 시인 한 명이 짝을 지어 진행하는 식으로 이루어졌다. 재춘 언니가 낭송하기 좋은 시로 적당한 게 무엇이 있을까 고민하던 나는 안상학 시인의 「아배 생각」이라는 시를 찾아서 보냈다. 안상학 시인은 젊었을 적에 틈만 나면 바깥으로 나돌았다. 하루는 모처럼 집에서 아버지와 밥을 먹는데 아버지가 오늘 외박을 하느냐고 묻는다. 안상학 시인이 오늘은 집에서 잘 거라고 하자 아버지가 말씀하시길, 너는 늘 밖에서만 자니 집에서 자는 게 오히려 외박 아니냐고 했다는 내용의 시다. 안상학 시인의 시를 고른 건 콜트-콜텍 노동자들이야말로 한 달에 한두 번 집에 가서 자는 게 외박이나 마찬가지일 거라는 생각이 들었기 때문이다. 몇 년째 집을 떠나 농성 천막 생활을 하다 보면 천막이 집이나 다름없을 터였다. 그래서 아내와 자식들을 두고 오랫동안 가출 아닌 가출 생활을 이어 가는 고달픔과 서러움, 그런 해고 노동자들의 처지에 대한 이야기를 자연스럽게 끌어내고자 하는 의도를 담은 선택이었다.

나는 내가 쓴 시를 읽고, 재춘 언니는 내가 전해 준 시를 읽었다. 그런 다음 간단히 몇 마디를 주고받는 형태로 그날의 행사는 무난히 끝났다. 재춘 언니도 숫기가 없지만 나 역시 낯선 사람과 스스럼없이 이야기를 나눌 만큼의 숫기는 없는 사람이라 그날 재춘 언니와 많은 이야기를 나누지는 못했다. 행사를 마치고 농성 천막 안에서 다 같이 늦은 저녁밥을 먹던 기억이 아름답게 남아 있다.

재춘 언니가 다큐멘터리 안에서 김남주(1946~1994) 시인의 「자유」를 택해서 읽은 건 '피 흘려 함께 싸우지 않고서야 / 어찌 나는 자유이다라고 말할 수 있으랴' 같은 구절에 끌렸기 때문이리라. 흔히 '남민전 전사'로 불리기도 하는 김남주 시인은 박정희 정권에 의해 감옥에 갇혀 있는 동안 시를 무기로 삼아 투쟁을 이어 갔던 견결한 정신의 소유자였다. 에두르지 않고 직설로 써 내려간 그의 시편들은 투쟁 중에 있는 노동자들에게 맞춤했다. 자본가들에게만 허용되고 노동자들에게는 허용되지 않는 자유, 그런 현실에 절망하기보다 맞서 싸우는 길을 택해야 했던 노동자들의 길은 그 후로도 험난하기만 했다.

다큐멘터리 안에서 재춘 언니가 돈에 대해 쓴 글을 읽는 장면이 나온다. 나는 재춘 언니가 직접 쓴 그 글이 바로 시라고 생각했다. 이 세상 모든 일은 돈이 하는 일이며, 돈만 있으면 공기, 물, 나라는 물론 달과 해도 살 수 있다고 하는 말을 들었는데, 돈이 왕창 생긴다면 몇 달 동안 술을 마시며 자유를 누리고 싶고, 나라를 사서 세계에서 가장 평등하고 차별 없는 나라로 만들고 싶다고 말한다. 그런 다음 웬수 같은 돈을 던지고 싶다는 말로 끝맺는다. 자본주의 국가에서 돈이 차지하는 위력을 누구보다 절감할 수밖에 없었던 해고 노동자다운 발상이 담겨 있는 글이다.

안태형은 "시가 없으면 휴대폰 게임 속 같은 세상과 비슷하지 않을까 생각이 돼요"라면서, "1+1은 2"밖에 안 되고, 내가 배부르려면 남의 것을 빼앗아야 되는데, 시는 그런 게 전부가 아니라고 말하는 듯하다고 한다. 그러면서 시가 자신을 움직일 수도 있다는 걸 알게 됐다고 말한다.

임경섭 시인의 「죄책감」이라는 시를 고른 이유로, 자신도 4.16 참사 이후 줄곧 죄책감에 시달렸기 때문이라고 한 오하나는 이런 말도 했다.

"시를 한 줄 읽으면 금방 딴생각이 드는데, 그게 뭔 소리냐는 딴생각이 아니라 바로 내가 겪었던 상황이라든지, 기억이라든지 그런 것들과 바로 오버랩이 돼서 그 시간이 별로 고통스럽지 않고 민망하거나 낯설거나 하지 않았어요."

시가 불안한 삶을 이어 가는 그들을 직접 구원하는 역할은

하지 못한다. 그럼에도 시를 읽는 그들의 모습이 좋아 보였던 건, 시가 더 이상의 절망으로 빠지는 걸 막아 주는 가느다란 밧줄 같은 역할은 할 수 있지 않겠냐는 생각이 들었기 때문이다. 감독이 의도한 바도 그런 측면에 닿아 있을 거라는 생각이 든다. 사람의 마음은 다치기 쉽다. 그런 상처는 타자와의 관계에서도 오고, 사회구조의 폭력성에서 비롯하기도 한다. 그런 한편 다친 마음을 치유하는 힘 역시 마음으로부터 나온다. 누구나 굳센 마음을 먹을 수 있는 건 아니지만, 나 혼자만 고통받고 있는 게 아니라는 사실을 보여 주거나, 지금 여기와 다른 세상이 존재할 수 있다는 걸 알려 주면 무너진 마음을 스스로 일으켜 세울 수도 있다. 금이 간 마음을 이어 붙이는 접착제 역할을 해 준다고 할까? 시가 그런 역할을 할 수도 있겠다는 믿음을 지니고 있는 감독이 한 말을 마지막으로 덧붙인다.

무의미한 삶, 허무와 절망뿐인 세상이 아닌, 다른 세계의 가능성을 함께 느껴 보고자 한다. 그러기 위해서 시의 힘을 빌리기로 작정했다. 시는 고통의 심연에서 길어 올린 가장 진실한 언어이며 기도이자 노래이기 때문이다.

시를 읽는 시간이 따로 정해져 있는 건 아닐 테다. 하지만 시가 필요한 시간은 있지 않을까? 교사가 학생들에게 그런 경험을 들려주고, 학생들로 하여금 자신에게 위로와 힘을 주는 시를 찾아 읽도록 해 보면 어떨까? 한 시간쯤 도서관에 풀어 놓은 다음 서가에 꽂힌 시집들 속에서 그런 시를 찾아보도록 하는 것도 좋겠고. 그러자면 우선 도서관에 좋은 시집들이 비치될 수 있도록 해야겠고, 나아가 교실 안에도 학생들이 아무 때나 집어 들 수 있는 몇 권의 시집을 놓아둘 수 있다면 금상첨화겠다.

물론 놓아둔다고 해서 학생들이 시집을 들춰 보지는 않을 거다. 교사의 역할은 시집에 학생들의 손이 갈 수 있도록 틈나는 대로 상기시키고, 어쩌다 시집을 읽고 있는 학생을 발견하면 칭찬해 주는 식으로 시 읽기를 권장하는 일이다.

내가 아는 어느 교사는 일주일에 한 번씩 아침 조회 시간에 칠판에 시를 적어 주고 학생들이 준비한 시 공책에 옮겨 적은 다음 간단한 감상을 쓰도록 하고 있단다. 쉬운 일은 아니지만, 세상에 쉬운 일은 없는 법이다.

표절에 대한

욕망

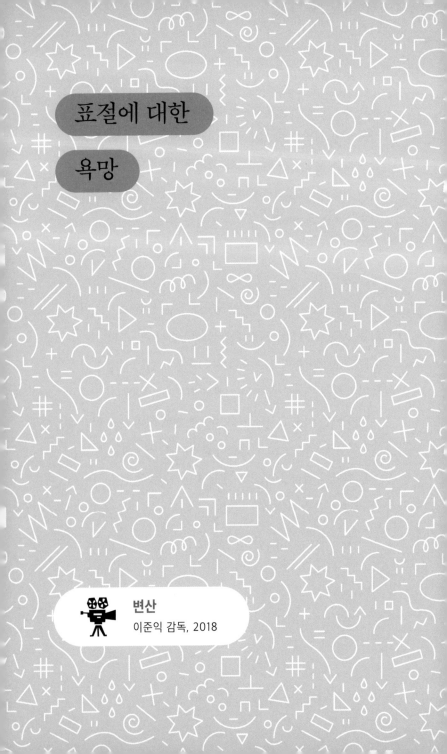

변산
이준익 감독, 2018

문학계 안에서 종종 논란이 되는 문제 중의 하나가 표절이다. 몇 년 전에 신경숙 소설가의 표절 여부를 둘러싸고 벌어진 공방이 대표적이다. 그전에도 표절 논란은 여러 차례 있었지만 크게 문제가 된 건, 우리 문학계에서 신경숙이라는 이름이 차지하는 위상이 매우 높은 편인 데다 해당 작품집을 출간한 출판사가 창비였기 때문이기도 하다. 표절 작가로 지목된 당사자가 모호한 입장을 취하고, 창비 사단의 맹주 격인 백낙청 평론가까지 나서서 적극적으로 신경숙을 옹호하는 바람에 논란이 더욱 커졌다. 표절이 아닌 우연이라고 하기에는 신경숙이 쓴 소설 구절이 일본 작가 미시마 유키오의 작품에 나오는 구절과 너무 유사했다. 그럼에도 당사자와 출판사가 방어적 자세를 취하는 바람에 논란은 문학 권력을 둘러싼 쟁점으로 비화하기도 했다. 표절을 인정하는 순간 그동안 쌓아 온 명성이 무너진다고 생각해서 그랬던 걸까? 이유는 알 수 없지만 우리 문학계에 커다란 상처를 남긴 사건이었던 건 분명하다.

영화 〈변산〉에서 다루는 핵심 주제가 표절은 아니지만, 스토리의 전개 속에서 표절 문제가 무척 중요한 요인을 차지하고 있다. 전북 변산 출신인 주인공 학수(박정민)는 서울에서 무명 래퍼로 활동하고 있는데, 방송국에서 하는 경연 대회에 출전해 번번이 결선 직전까지 갔다가 실패한다. 래퍼가 되기 전 고등학생일 때에는 문예반 활동을 하며 시를 썼고, 문재가 뛰어나 지역에서 꽤 이름을 날렸다. 영화 속에서 학수는 전북대학교 전국 고교 백일장에서 운문 부문 대상을 수상하는 걸로 나온다. 그만큼 장차 뛰어난 시인이 될 자질을 일찌감치 보여 주고 있었다.

그런 학수에게 시인의 길을 포기하게 만든 건, 교생으로 온 원준(김준한)이라는 인물이다. 원준은 모교 출신 선배이자 국어과 교생으로 문예반을 담당한다. 학수는 수업 시간에 몰래 공책에 시를 끄적이는데, 카메라가 비춘 공책에는 다음과 같이 시작하는 시의 초고가 적혀 있다.

폐항

내 고향은 폐항
내 고향은 가난해서 보여 줄 건 노을밖에 없네

체육 시간에 학수의 교실에 들어가 있던 원준은 운동장을 바라보다 문득 생각난 듯 학수의 가방을 뒤져 노트를 꺼내 들고 학수가 쓰다 만 시를 읽는다.

"이 새끼 천재네."

시를 보고 난 원준이 놀란 표정을 지으며 내뱉은 혼잣말이다. 거기서 그쳤으면 괜찮으련만 원준은 학수의 공책을 훔친다. 학수가 천재라면 원준은 도둑이다. 공책만 훔쳤으면 또 괜찮으련만 거기서 그치지 않는다. 공책을 잃어버린 학수는 다음 해에 도둑의 정체를 알게 된다. 원준이 학수의 시를 베껴『전북일보』신춘문예에 응모해서 당선작으로 뽑히고, 신문을 보고 그 사실을 확인한 학수는 다음과 같이 내뱉는다.

"이런 도둑놈의 새끼."

도둑놈의 새끼도 최소한의 양심은 있었던 걸까? 학수의 초고에 2행으로 되어 있던 걸 다음과 같이 행갈이를 해서 3행으로 늘렸다.

내 고향은 폐항

내 고향은 가난해서

보여 줄 건 노을밖에 없네

그 뒤에 다른 내용을 덧붙여 한 편의 시를 만들긴 했으나, 시에서 드러내고자 하는 핵심 정서가 첫 연에 모두 담겨 있으므로 뒷부분은 부연에 지나지 않는다.

신경숙의 표절 논란에서 가장 많이 사람들 입에 오르내렸던 건 "기쁨을 아는 몸이 되었다"라는 구절이다. 많은 사람들이 이 구절을 "표절의 기쁨을 아는 몸이 되었다"라는 식으로 비꼬거나 패러디의 소재로 삼곤 했다. 원준이 표절한 걸 패러디하면 이렇게 되지 않을까?

내 양심은 불량
내 재능은 부실해서
보여 줄 건 표절밖에 없네

천재인 새끼는 도둑놈의 새끼에게 경멸을 보낼 뿐 직접 따지거나 신문사에 표절 사실을 알리지 않는다. 왜 그랬을까? 억울함이야 사무쳤겠지만 공책이 사라진 상황에서 그 시를 자신이 썼다는 증거를 내밀 수 없었기 때문이 아닐까?

원준의 행위는 엄밀히 말해 표절이라기보다는 도절(盜竊)이라고 해야 맞다. 발표한 시를 베낀 게 아니라 세상에 나오긴 했으나 아직 발표되지 않은 시를 훔쳐서 자기 것으로 삼았으므로. 이런 도절의 사례는 〈우리 형〉(안권태 감독, 2004)이라는 영화에도 나온다. 우등생인 성현(신하균)의 동생 종현(원빈)은 싸움꾼인데, 둘 다 그 지역의 여고생 퀸카 미령(이보영)을 좋아한다. 시를 좋아하는 미령의 마음을 얻기 위해 종현은 문예부에 들어가고, 미령이 참석한 자리에서 시 낭독을 하게 된다. 낭독할 시를 쓰기 위해 머리를 싸매고 펜을 굴려 보지만 애초 시라는 게 뭔지도 모르고 오히려 욕이 입에 붙은 종현의 머리에서 시 같은 게 나올 리 있겠는가. 그러다가 우연히 형 성현의 공책에 적힌 시를 발견하고 그 시를 자기 것처럼 가져가서 낭독한다. 시 도둑놈이 따로 없다.

〈변산〉 속 등장인물 원준은 대체 왜 남의 시를, 그것도 후배의 시를 훔쳤을까? 이제 막 시에 입문한 습작생들이 절망감을 느낄 때가 있는데, 그중의 하나가 자신이 쓰고 싶은 시를 선배 시인들이 이미 다 써 놓았다는 생각이 들 때다. 그런 시들을 피해서 자신의 목소리로 자신만의 시를 써야 하는데 그게 쉬울 리 없다. 그러면서 시에 재능이 없다는 생각에 좌절감을 맛보고 주저앉는 습작생들이 많다. 나 역시 습작 시절 수시로 그런 절망에 빠져들곤 했다.

한편으론 시를 훔쳐서라도 내 것으로 만들고 싶다는 망상에 사로잡히기도 한다. 그런 심리의 기저에는 질투심이 깔려 있기 마련인데, 그건 초보자뿐만 아니라 스스로 시를 잘 쓴다고 하는 사람들 사이에서도 나타난다. 고려 시대 문인인 정지상과 김부식 사이에 있었다는 일화는 유명하다. 김부식도 당대의 문장가로 이름을 날리긴 했지만 시에 있어서만큼은 정지상이 한 수 위였다. 한 번은 정지상이 쓴 시를 보고 너무 탐이 난 김부식이 시의 한 구절을 자신에게 달라고 부탁했다. 정지상은 일언지하에 거절했고, 앙심을 품은 김부식은 묘청의 난 때 정지상을 죽였다. 정지상과 김부식은 정치적 입장이 달랐고 그로 인해 정지상이 김부식에 의해 죽임을 당한 건 맞지만, 시와 관련한 일화는 후대에 만들어 낸 이야기다.

기형도 시인의 시 중에 '질투는 나의 힘'이라는 제목을 가진 게 있다. 같은 제목으로 만든 박찬욱 감독의 영화로 더 유명해지기도 한 시다. 질투라는 감정은 대체로 부정적인 측면으로 작용하지만, 잘만 조절하면 자신의 성장을 위한 동력으로 삼을 수도 있다. 사실 위대한 예술가들은 질투심이 강한 편이라는 게 통설이다. 비교당하는 걸 싫어하고 다른 누구보다 뛰어난 작품을 만들고야 말겠다는 오기는 질투심에서 비롯하기 마련이다.

박남철(1953~2014)과 이성복(1952~현재)은 비슷한 연배로 둘 다 『문학과지성』에 추천을 받아 시인으로 등단했다. 박남철 시인은 1980년대에 유행한 해체시의 대표 주자로 거론되곤 하는데, 초기 시 중에 「어떤 자식일까 — 이성복을 발견하고」라는 재미있는 작품이 있다. 이 시에서 박남철은 능청스런 화법으로, 그러나 누구나 알 수 있게 노골적으로 이성복의 시에 질투를 느꼈다는 고백을 하고 있다. 시는 우연히 책방에 들렀다가 거기서 이성복의 첫 시집 『뒹구는 돌은 언제 잠 깨는가』를 보고 슬쩍 훔쳐 왔다는 내용이다. 그런 행동을 한 이유로 '감히, 이따위 엉터리 시집을 낸 놈은 아예 아무도 몰래 없애 버려야만 된다'거나 '이런 엉터리 천재 비슷한 자식을 앞으로 더 오래 살려 두었다간, 두고두고 후회할 것이 뻔한 노릇'이라고 서술하고 있는데, 그만큼 이성복의 시에 매료되었음을 알 수 있다. 이성복을 자신의 라이벌로 생각한다는 고백일 텐데, 시가 아니라 시집을 훔쳤으니 도둑은 도둑이지만 표절 도둑은 아닌 셈이다. 비록 '자식'이나 '놈'이라는 표현을 쓰기는 했어도—영화 속 등장인물들이 '새끼'라는 말을 쓴 것에 비하면, 독설가로 유명한 박남철 시인의 표현으로는 꽤 점잖은 편이다—이성복 시인에 대한 헌정시로 읽을 수도 있다. 질투는 이런 식으로 표현하는 게 문학적임을 보여 주는 사례라고 할 수도 있겠다.

유명 래퍼가 되기 위해 서울에서 고군분투하던 학수를 고향인 변산으로 불러낸 건 동창생인 선미(김고은)다. 아버지(장항선)가 뇌졸중으로 병원에 입원해 있다는 말에 학수는 내키지 않는 발걸음을 변산으로 옮겨 놓는다. 학수의 아버지는 평생을 건달이자 노름꾼으로 전전하며, 심지어 자신의 아내가 죽었을 때에도 장례식에 나타나지 않았다. 그러니 아들인 학수가 보기에 아버지는 도저히 용서할 수 없는 인물이다. 병원에서도 학수의 아버지는 동료 환자들과 술을 마시거나 화투를 치는 등 과거의 행태와 달라진 게 없어 보인다.

한편 학수를 변산으로 오게 한 선미는 고등학교 시절부터 학수를 좋아했으나 학수는 다른 여학생에게 마음을 빼앗긴 상태였다. 영화는 학수와 아버지 사이의 갈등, 그리고 학수가 오랜만에 고향 친구들을 만나면서 벌어지는 일들을 다루고 있다. 그러면서도 간간이 시와 문학에 대해 생각하게 하는 장면들을 삽입해 놓고 있다.

학수는 고향에 환멸을 느껴 서울로 갔고, 그럴 만한 이유도 많았다. 하지만 선미가 보기에 그건 일종의 도피였다. 당돌한 캐릭터로 나오는 선미는 학수가 쓴 시에 반했고, 원준이 학수의 시를 훔친 것도 알고 있었다. 원준의 이삿짐을 날라 주러 갔다가 학수의 공책을 발견하고 몰래 가져왔던 것이다. 그러고 보니 영화는 도둑질의 연쇄로 이어지는 것 같기도 하다.

노을 지는 저녁 무렵, 학수가 어머니의 무덤 앞에 앉아 시를 쓰는 장면이 나온다. 멀리서 그 장면을 지켜보는 선미. 그게 계기가 되어 소설을 쓰기 시작하고, 첫 창작집으로 유수의 문학상까지 받게 된 선미는 학수에게 이렇게 말한다.

"내가 노을 마니아라고 했지. 나한테 노을을 발견시켜 준 사람이 바로 너여. 이 동네서 태어나 살면서 수도 없이 봐 온 노을인디, 난 노을이 그런 건지는 그때 처음 알았어. 장엄하면서도 이쁘고, 이쁨서도 슬프고, 슬픈 것이 저리 고울 수만 있다면 더 이상 슬픔이 아니겄다 생각하면서 넋을 잃고 보는디, 문득 그런 생각도 들더라고. 쟈는 언제부터 저 무덤에 앉아 혼자 노을을 보아 왔을까?"

시는 발견이라고 하는 사람들이 많다. 늘 보던 사물과 풍경은 별다른 감흥을 주지 않는다. 너무 익숙해서 그렇다. 그러다 어느 날 문득 그 사물과 풍경이 다르게 다가오거나 새롭게 보일 때가 있다. 그 순간을 잡아채면 거기서 시가 나온다. 안 그러면 시를 쓰기 위해 늘 새로운 사물과 풍경을 찾아 헤매 다녀야 할 텐데, 그건 너무 힘들고 가능한 일도 아니다. 방랑자가 시인이 될 수는 있지만 모든 시인이 방랑자가 될 필요는 없다고나 할까? 학수는 어머니를 잃고 난 다음에 노을을 바라보면서 시를 썼을 테고, 선미는 학수가 바라보는 노을을 함께 바라보면서 소설을 쓰게 됐을 것이다. 그리고 두 사람이 바라본 노을은 그 순간에 처음으로 변산 바닷가를 물들인 게 아니라, 둘이 태어나기 전부터 늘 그 자리에서 변산 바다를 붉게 물들이고 있었다. 노을이 그냥 노을이 아니라는 걸 발견하는 데 시간이 걸렸을 뿐이다.

학수는 오랜만에 고향에 돌아왔지만 여전히 고향과 고향 사람들이 못마땅하다. 아버지는 변한 게 없어 보이고, 선미는 쓸데없이 자신을 불러들여 귀찮은 일들에 말려들게 하고, 어릴 적 자신에게 맞고 살던 친구가 조폭 두목이 되어 나타나 신경을 건드린다. 이 모든 사달이 선미 때문에 났다고 생각하는 학수에게 선미는 "찌질한 새끼"라며 뺨을 갈긴 후 이렇게 일갈한다.

비겁한 새끼야! 너는 너만 보지? 언제까지 평생 피해 다닐 것이여? 니는 정면을 안 봐. 그런 니가 무슨 랩을 혀. 넌 니 아부지하고 똑같은 새끼여.

선미의 입에서도 새끼라는 말이 나온다. 그런데 원준의 입에서 나온 새끼보다 강도가 훨씬 세다. 하지만 그보다 더 센

말이 있으니, 정면을 안 본다는 말이다. 말을 바꾸면 진실을 회피하려 들거나 진실에서 도망치려 한다는 얘기쯤 되겠다. 랩이건 시건 그래서는 제대로 된 글을 못 쓴다는 말일 텐데, 나는 이게 시 쓰기에서 무척 중요한 지점이라고 생각한다. 변죽만 울리다 만 글은 제대로 된 글이 아니다. 시는 기본적으로 직접 말하기가 아니라 돌려 말하기의 성격을 띠고 있지만, 그렇다고 해서 핵심을 비켜 가도 된다는 걸 뜻하지는 않는다. 돌려 말하기 방식을 취하더라도 그건 수단일 뿐, 정면을 바라볼 줄 아는, 즉 진실을 찾아내기 위해 애쓰고 그렇게 해서 발견한 진실과 마주 서기 위한 용기가 필요하다. 비록 스스로 내상을 입고 피를 흘리는 한이 있더라도 직접 부딪쳐야 한다. 진실을 보게 될까 봐 겁을 먹으면 시 쓰기는 물론이려니와 인생에서도 이룰 수 있는 게 없다.

영화는 해피엔딩으로 끝난다. 비록 학수 아버지는 병원에서 숨을 거두지만 마지막 순간에 학수는 아버지의 삶을 받아들이고 화해한다. 그런 다음 새로운 랩을 만들어 대중들의 환호를 받는다. 그전에 학수가 랩 경연 대회에서 떨어진 건, '어머니'라는 주제를 받아들었을 때 자신의 가족사에 얽힌 이야기를 풀어낼 준비가 되어 있지 않았기 때문이다. 고향 변산에 다녀온 후 학수는 새롭게 태어난다. 자신을 옭아매는 족쇄처럼 여기던 고향과 부모의 삶을 벗어던질 수 없다는 것, 그렇다면 그 모든 걸 끌어안으면서 자신의 삶을 재구성해야 한다는 사실을 받아들였기 때문이다. 학수가 마침내 선미와 결혼하고 출연진들이 함께 흥겨운 춤을 추는 마지막 장면은 매우 유쾌하고 발랄하다.

다시 표절 이야기로 돌아가 보자. 기본적으로 시를 비롯해 모든 예술은 표절의 숙명을 안고 있다. 문제는 무엇을 어떻게 표절하느냐의 문제인데, 남의 글이 아니라 자연과 인간의 삶을 표절하는 것, 그게 진짜다. 아버지가 학수에게 잘사는 게 최고의 복수라고 했던 말처럼, 뛰어넘기 힘들다고 생각되는 위대한 시와 시인을 만나면 복수하고 말겠다는 심정으로 더 잘 쓰려고 노력하면 된다. 그것 외에 다른 방법은 없다.

마지막으로 한마디 덧붙일 건, 시를 쓰는 데도 예의가 필요하다는 사실이다. 선미가 학수에게 한 말을 떠올려 보자.

"그러지 말어. 그것은 너에 대한 예의도 아니고 고향에 대한 예의도 아녀."

그 말을 나는 이렇게 바꿔서 말하고 싶다.

"표절허지 말어. 그건 너에 대한 예의도 아니고 시에 대한 예의도 아녀."

마음을 움직이는

시 한 구절

🎞️ **69세**
임선애 감독, 2020

강변호텔
홍상수 감독, 2018

1.

69세는 어떤 나이일까? 현행법에 따르면 만 65세 이상은 노인으로 분류한다. 하지만 평균 수명이 늘어나면서 60이면 청춘이라는 말도 있거니와 노인 규정 나이를 70세로 올려야 한다는 주장도 꾸준히 제기되고 있다. 그러니 70세를 앞둔 69세는 다소 모호한 지점에 놓여 있다. 노인으로 취급(?)할 수도 있고, 아직은 노인으로 대우할 나이가 아니라는 시선도 가능한, 경계선상에 놓인 나이일 수도 있겠다. 그런 69세 여성을 주인공으로 내세운 영화가 있다. 제목 자체가 '69세'인 데다 성폭행을 당한 노년의 여성 이야기다. 그 자체로 궁금증을 자아낼 만한데, 궁금증의 근저에 그런 일이 가능하겠느냐는 편견이 작동하고 있기 때문일 테다. 더구나 성폭행한 남성의 나이가 29세라고 하면 그런 편견은 더욱 강하게 작동하기 마련이다.

주인공 심효정(예수정)은 병원에서 물리치료를 받던 중 남성 간호조무사 이중호(김준경)에게 성폭행을 당한다. 둘만 있었던 공간에서 일어난 일이라 범죄의 입증이 쉽지 않다. 그래도 심효정은 용기를 낸다. 심효정에게는 함께 동거하는 남자가 있다. 이름은 남동인(기주봉), 은퇴 후 작은 책방을 운영하는 남자다. 오래전, '봄볕'이라는 제목의 시집을 낸 시인이기도 하다. 그 남자에게 자신이 당한 일을 털어놓은 다음 경찰서에 신고해야겠다고 말한다. 그러면서 도움을 요청한다.

"같이 가 줄 거죠?"

아주 간단한 말 같지만, 어떤 말은 내뱉기 위해 수없이 고민하고 주저하면서, 때로는 입술을 깨물며 연습하기도 해야 한다. "같이 가 주세요"가 아니라 "같이 가 줄 거죠?" 하고 묻는 말에서 그런 혼란과 주저가 섞여 있던 심정이 읽힌다.

이후 전개되는 과정에서 심효정의 말을 믿어 주는 사람은 남동인이 유일하다. 용기를 낸 신고 이후 사건은 두 사람의 뜻대로 흘러갔을까? 대한민국 사회에서 그런 일은 쉽게 일어나지 않는다. 정액 묻은 속옷을 증거물로 제출했음에도 성폭행 가해자는 합의에 의한 화간임을 주장한다. 피해자가 자신의 피해를 입증해야 하는 상황에서 구속영장은 계속 기각되고, 낙담에 빠지는 심효정. 치매 초기로 의심되는 잦은 건망

증과 우울증 약을 복용하고 있었다는 사실 등이 그녀에게 불리한 정황으로 드러나고, 남동인마저 잠시 흔들린다. 하지만 이내 그런 의심을 거두고 절대 포기하면 안 된다며 계속 싸워 나갈 수 있도록 용기를 불어넣어 준다.

영화는 단순히 성폭력을 고발하는 데 그치지 않는다. 오히려 각종 편견이 작동하는 기제와 그런 현실에 대한 고발 성격이 더 강하다. 가해자가 병원에서 친절 담당 사원이었다는 말을 들은 담당 형사는 "참 나, 친절이 과했네"라는 말을 아무렇지도 않게 던지고, 심효정이 간병인으로 일했던 병원의 수간호사 입에서는 "조심 좀 하시지"라는 말이 나온다. 피해자를 생각하면 결코 입에 담아서는 안 되는 말이다. 이런 식으로 2차 가해에 해당하는 말뿐만 아니라, 할머니치고 몸매가 예쁘다느니, 옷을 잘 입는다느니 하는 말들도 수시로 등장한다. 생각에 골몰한 채로 빨간 불에 길을 건너는 바람에 급정거를 하게 된 승용차 운전자로부터는 눈에 뵈는 게 없으면 그냥 관 뚜껑 열고 들어가라는 폭언까지 듣는다.

"옷 잘 입는다구요? 형사님 보시기에 제가 어때요? 나이 들어서 옷 잘못 입고 다니면 무시하고 만만하게 봐서 치근대요. 이 정도 입고 다니면 제가 안전해 보입니까?"

심효정이 형사에게 하는 말은 노인에 대한 사회의 편견을 드러내는 동시에 나이 든 여성도 안전을 보장받지 못하는 현실을 꼬집는다.

심효정을 가장 혼란스럽게 하는 건 잦은 건망증이다. 영화 초반부에 심효정이 남동인과 함께 마트에 갔을 때 짝짝이 양말을 신고 있는 장면이 나온다.

동인 : 역시 멋쟁이야.

효정 : 뭐요?

동인 : 당신 양말. 멋쟁이는 양말을 짝짝이로 신는다지?

이런 대화를 주고받을 때만 해도 흔히 있을 수 있는 일이어서 관객들도 가벼운 일상 스케치로 받아넘기게 된다. 건망증이 문제가 되리라는 생각보다는 그 자리에서 심효정이 남동인의 시 구절을 읊어 주는 게 더 인상적으로 다가오기 때문이기도 하다. 심효정이 남동인에게 호감을 갖고 함께 살게 된건 남동인이 시인인 데다 은퇴 후 책방을 운영하고 있는 이력과 무관하지 않을 터이다. 하지만 남동인은 자신이 시집을 냈다는 걸 특별히 내세우지 않으며, 그냥 냄비 받침으로 쓰면딱 알맞은 책이라는 정도로 심드렁하게 넘긴다.

후반부에 심효정이 가해자 이중호와 맞닥뜨리는 장면이 나온다. 반성은커녕 위협적인 행동을 보이는 가해자에게 심효정은 단호한 표정으로 말한다.

인생 그렇게 쉽게 끝나지 않아. 네가 저지른 거 하나하나 다 갚고 그러고도 질기게 안 끝나는 게 인생이다.

법에 호소해도 안 되는 상황에서 심효정은 자신의 억울함을 직접 세상에 알리기로 결심한다. 그런 결심을 하도록 이끌어 준 것 가운데 하나가 남동인의 시 구절이다. 남동인의 서점 안, 햇볕이 비치는 창가에 선인장 화분이 놓여 있다. 그리고 거기, 냄비 받침이 아니라 화분 받침으로 사용되고 있던 남동인의 낡은 시집을 심효정이 꺼내어 손으로 먼지를 쓸어 낸다. 시집 제목은 '봄볕'이고, 뒤표지에 표제작의 두 행이 적혀 있는 걸 카메라가 잡아서 보여 준다.

줄에 걸린 해진 양말 한 짝,
봄볕에 눈물도 찬란하여라.

—「봄볕」中

마트에서 짝짝이 양말을 신고 있던 심효정이 남동인에게

암송해서 들려주었던 구절이다. 심효정이 자신의 처지를 '줄에 걸린 해진 양말 한 짝'으로 감정이입했을 수도 있겠다. 이어지는 행에서는 삶의 긍정성을 읽어 냈을 수도 있고, 「봄볕」 中'이라고 표기한 걸 보아 시의 일부 구절인데, 앞뒤 내용이 없다 보니 '눈물도'가 왜 들어갔는지 처음에는 언뜻 이해가 되지 않았다. 그냥 '봄볕에 찬란하여라'라고만 해도 되지 않았을까?

나름대로 풀이를 해 보자면, 줄에 걸린 해진 양말 한 짝이 초라하고 쓸쓸해 보여 나도 모르게 눈물이 나왔는데, 그 눈물이 봄볕을 받아 찬란하게 빛났다는 의미가 아닐까 싶긴 하다.

그렇지만 내 느낌에는 '눈물'을 넣은 게 감정의 과잉 내지 감상적인 표현으로 보이기도 한다. 이런 식의 해석이 바람직한 건 아니다. 시를 감상할 때는 논리가 아니라 그냥 직관적으로 다가오는 느낌만 받아안아도 충분하므로. 중요한 건 시를 읽는 사람마다 마음에 다가오는 구절이 다를 수 있다는 것이고, 그런 구절 하나 마음에 담아 두는 게 큰 힘이 되기도 한다는 사실이다.

심효정은 남동인이 컴퓨터로 쳐서 뽑아 놓았던 고발문을 자필로 옮겨 적는다. 인쇄체가 아닌 자필로 한 글자 한 글자 눌러 적는 건, 자신의 뜻과 의지에 따라 물러서지 않는 싸움을 시작하겠다는 다짐으로 읽힌다.

봄볕에 눈물도 찬란하게 빛난다는 어느 시인의 말처럼, 이제
전 어려운 고백을 시작으로 참으로 살아가 보려 합니다.

한 걸음… 한 걸음…

햇빛으로 나아가 보려 합니다.

자필로 써 내려간 고발문의 뒷부분이다. 고발문에 담은 말
은 가해자를 징치해 달라는 부탁인 동시에 스스로 인간의 존
엄성을 지키며 살아가겠다는 선언이다. 옥상 위에서 고발문
을 날려 보내며 영화는 끝난다. 고발문에 대한 응답은 관객과
동시대를 살아가는 모든 이들의 몫이다.

2.

남동인 역을 맡은 배우 기주봉이 시인으로 나오는 영화가
한 편 더 있다. 홍상수 감독의 〈강변호텔〉에서 고영환이라는
이름을 가진 시인으로 나오는데, 무척 자기중심적인 인물이
다. 젊었을 적에 아내와 두 아들을 버리고 다른 사랑을 찾아
집을 나갔지만, 가족에게 전혀 미안해 하는 마음이 없다. 강
변에서 처음 만난 두 젊은 여인에게는 너무 아름답다는 말을

몇 차례나 늘어놓는다. 노년에 접어든 남성이 주책없이 젊은 여성들에게 작업을 거는 듯한 느낌을 줄 정도인데, 정작 본인에게는 그런 행동이 아무렇지도 않은 듯하다. 그런가 하면 식당에서 다시 마주친 두 여성에게 느닷없이 자신이 지었다는, 제법 긴 시를 낭송해 주기도 한다.

눈이 옵니다.
이카라는 조직이 생겼고 사람들은 이유 없이 그들에게 조종
당합니다.

이렇게 시작한 다음, 눈 오는 날 두 여인이 작은 남자아이를 데려왔으나 이카라는 조직 때문에 다시 데려가지 못한다는 식으로 시의 내용이 이어진다. 일종의 우의적인 수법을 동원한 시라고 하겠는데, 무얼 말하고자 하는 시인지 의미를 명료하게 파악하기 힘들다.

주인공이 시인이라는 사실을 알려 주기 위해서라면 짧은 시 혹은 시의 한두 구절만 읊는 것으로 설정해도 충분하다. 하지만 감독은 배우로 하여금 무척 긴 시를 끝까지 낭독하도록 했다. 그렇다면 시의 내용이 영화의 내용과 부합하는 점이 있어야 한다. 시라는 장르가 본래 모호성이 특징이기는 하다. 그

래도 시에 담긴 내용이 영화 속에서 어떤 인과성과 연결 고리를 갖고 있는지 납득하고 설명할 수 있어야 하지만 대부분의 관객은, 알아듣기 힘든 괴상한 시를 썼군, 하고 말 것 같다.

억지로 대입해 보자면, 시에 등장시킨 남자아이는 영화 속 시인을 상징할 수도 있겠고, 감독인 홍상수 자신을 가리키는 것일 수도 있겠다. 어떻게 해석하든 내게는 홍상수 감독 자체가 지독한 나르시스트일 거라는 느낌으로 다가왔다.

〈69세〉 속 시인 남동인은 〈강변호텔〉의 고영환에 비해 훨씬 인간적이면서 정의로운 모습을 보여 주기는 하지만, 자기중심적인 인물에서 크게 벗어나지 않는다. 나이 들면서 인격이 원숙해진 덕인지 모르겠으나 성폭행당한 심효정이 용기를 잃지 않고 끝까지 싸울 수 있도록 지지하고 응원하는, 긍정적인 인물형으로 설정되어 있다. 그럼에도 감독은 관객들에게 남동인 역시 이기주의에서 자유롭지 못한 인간임을 보여 준다.

남동인의 아내는 병으로 죽었고, 둘 사이에서 태어난 아들은 훌륭하게 성장해서 변호사로 활동하고 있다. 전처의 기일을 맞아 아들이 저녁에 남동인의 집으로 제수 용품을 사 들고 왔더니 남동인은 그런 사실을 까맣게 잊은 채—전날 아들이 상기시켜 주었음에도—심효정의 성폭행 사건과 관련한 인터넷 자료만 찾고 있다. 거기서 더 나아가 변호사인 아들에게 사건에 대한 견해를 묻고 도움을 요청한다. 아버지의 그런 모습에 아들이 서운함을 느끼지 않는다면 그 또한 이상한 일일 터. 아들은 그 얘기를 꼭 오늘 했어야 하냐며 화를 낸다. 이어서 그동안 아버지가 얼마나 이기적인 인간으로 행동했는지를 일깨워 준다.

"아버진 정말 평생 아버지 뜻대로만 하고 사시네요. 아버지, 하다못해 이 집에 있는 가구 하나도 엄마랑 제 뜻대로 산 거 하나도 없어요."

아들이 돌아간 다음 남동인은 사각으로 된 식탁에 앉아 제주로 사용했던 막걸리를 마시며 혼잣말로 중얼거린다.

"그러네. 이것도 당신이 동그란 놈으로 사자고 했는데 내가 고집을 부려서…."

그러면서도 미안하다는 얘기는 안 한다. 외려 사진 속 전처 얼굴을 들여다보며 당신은 늙어 보지 않아서 좋겠다는 말로 이어 갈 뿐이다.

이런 모습을 어떻게 보아야 할까? 시인이란 존재를 하나의 정형화된 인물로 묶어서 이해할 수는 없다. 어떤 이에게는 고상한 예술가의 모습으로 다가갈 테고, 어떤 이에게는 예술을 한답시고 가정과 생활을 등한시하는 무책임한 모습으로 다가갈 수도 있다. 시인을 신비화할 필요는 없지만, 그렇다고 해서 두 감독이 그린 시인의 모습이 일반적인 건 아니다. 시만 쓰며 사는 극히 일부 전업 시인을 빼고는 시인도 생활인이고, 직장이나 가정에서 자기 책임을 다하며 성실하게 살아가는 이들이 많다. 그런데도 두 감독이 시인을 자기중심적인 인물로 설정한 건 주변에 그런 시인들이 꽤 있기 때문이라는 것 또한 부정할 수는 없다. 정도의 차이는 있을지언정 나 역시 거기서 크게 벗어나지는 않는 유형에 속할 거라는 생각을 한다. 시와 삶을 일치시키는 게 쉬운 일은 아니지만, 그래도 최대한 일치시키려고 노력하는 시인들이 많아질 수 있기를 바란다. 물론 나에게 먼저 하는 다짐이기도 하다.

나는 〈69세〉 속 기주봉 배우보다 심효정으로 나온 예수정 배우가 훨씬 시인다워 보였다. 복잡 미묘한 심리를 절제된 몸짓과 표정으로 보여 주는 탁월한 연기력이 그런 이미지를 내게 주었는지도 모르겠다. 그리고 보니 시가 갖추어야 할 미덕 중의 하나가 절제라는 데 생각이 미친다. 그렇다고 해서 절제만이 능사라는 얘기는 아니다. 명확하게 핵심을 잡아채서 진실을 묘파해 내는 능력도 필요한데, 남동인의 시 구절보다 심효정이 가해자를 향해 인생은 그런 게 아니라며 일갈한 말이 더 큰 울림으로 다가왔다.

내 사랑도

언젠가

추억으로 그치리

편지
이정국 감독, 1997

8월의 크리스마스
허진호 감독, 1998

1.

　　우리나라는 연예인들의 자살이 유난히 많은 편이다. 안타까운 사연이 많지만 그중에서도 최진실 씨의 자살은, 그이가 워낙 유명했던 배우라 사람들에게 놀라움과 슬픔을 안겨 주었다. 더구나 동생인 최진영, 남편이었던 조성민 씨가 잇따라 자살하면서 더욱 커다란 충격을 몰고 왔다. 자살 동기를 둘러싼 무성한 소문과 의혹이 퍼져 나갔지만, 최진실과 조성민 두 사람 모두 이 세상에 없는 상황에서 더 이상 왈가왈부할 일은 아니라고 생각한다.

　최진실은 광고 모델로 시작해 드라마 탤런트를 거쳐 영화배우로도 활발하게 활동했다. 여러 편의 영화에 출연했지만 가장 인기를 끈 작품은 이정국 감독이 연출한 〈편지〉였다. 대표적인 최루성 영화라고 할 만큼 영화를 보면서 눈물 흘리지 않는 관객이 없을 정도였다. 나 역시 마찬가지여서, 진부한 스토리일 수도 있는 장면에서 절로 콧날이 시큰거리곤 했다.

영화는 서울 근교에 살며 기차로 통학하는 국문과 대학원생 정인(최진실)과 수목원에서 산림연구원으로 일하는 환유(박신양) 사이의 짧았던 사랑 이야기로 이루어져 있다. 결혼한 지 얼마 안 돼 환유가 뇌종양으로 사망하게 되고, 그 후 환유의 편지가 정인에게 배달되어 온다. 영화 제목이 '편지'인 이유다. 아니, 이유가 하나 더 있는데 그건 영화 속에 황동규(1938~현재) 시인의 시 「즐거운 편지」가 나오기 때문이다. 정인은 환유에게 생일 선물로 편지를 써 줄 것을 부탁한다. 하지만 환유는 편지라는 걸 써 본 적이 없다며 고민하다 황동규 시인의 「즐거운 편지」라는 시로 대신한다. 그 전부터 꽤 알려진 시이기는 했으나 영화가 흥행에 성공한 후 시집이 불티나게 팔렸다는 소문도 있었다.

"내 그대를 생각함은 항상 그대가 앉아 있는 배경에서 해가 지고 바람이 부는 일처럼 사소한 일일 것이나" 하고 시작하는 이 시는 1961년에 출간한 첫 시집 『어떤 개인 날』에 실렸으나 영화 속에서 환유가 들고 있는 시집은 『삼남(三南)에 내리는 눈』(민음사, 1975)이다. 이 시집은 민음사에서 펴낸 '오늘의 시인 총서' 중 한 권으로 나왔는데, 이 총서는 뛰어난 시적 성취를 보여 준 시인과 그들의 작품을 선별하여 시선집을 간행함으로써 기획력을 인정받았다. 50년 가까이 된 지금도 절판하지 않고 출간을 이어갈 만큼 독자들의 뜨거운 사랑을 받은 건 물론 출판계에서도 찬사가 이어졌던 시집 시리즈다.

이 시는 내가 교사 생활을 할 때 중3 교과서에 실려 있었다. 그때 이 시를 가르치는 게 무척 어려웠다는 느낌을 지금도 갖고 있다. 과연 중3 학생들이 이 시를 제대로 이해하면서 감상할 수 있을까, 하는 의문이 가시지 않았고 실제로 학생들이 어려워했다. '사소함'의 의미는 무엇이고, 그대를 사랑하는 까닭이 왜 사랑을 기다림으로 바꾸어 버렸기 때문이고, 슬픈 시 같은데 제목에 왜 즐겁다는 말이 들어갔을까, 하는 식으로 세부를 따져 들어가자면 학생 수준에 맞도록 설명하는 게 쉽지 않았다. 지도서에 있는 대로 역설이 어쩌고 반어가 어쩌고 해 가며 설명을 하면 학생들은 어쩔 수 없이 고개를 끄덕이는 척했지만 충분히 수긍하는 눈빛은 아니었다.

그럴 때마다 이 시를 중학교 3학년 교과서에 실을 생각을 한 편찬자가 원망스러웠다. 교과서에 실린 시들은 대체로 학생들의 수준이나 감수성을 고려하기보다는 편찬자의 주관적인 판단이나 호감도에 좌우되곤 한다. 국어 교과서에 실리는 글들이 시만은 아니기 때문에 시에 대한 이해도가 깊지 못한 편찬자들이 유명 시인의 작품 위주로 선정할 수는 있다. 그래도 고등학교가 아닌 중3 교과서에 이 시를 수록한 건 적절치 못했다는 생각을 지울 수 없다. 시를 사랑하게 만드는 국어 수업이 아니라 시와 멀어지게 만드는 국어 수업이 되게끔 하는 나쁜 사례라고 하겠다. 요즘은 국어 교과서도 많이 변해서 청소년시를 비롯해 학생들 눈높이에 맞춘 작품들이 제법 실리고 있는 상황이긴 하다.

놀라운 건 이 시를 황동규 시인이 고등학교 3학년 때 썼다는 사실이다. 본인 회고에 따르면 그 당시 짝사랑하던 연상의 여성을 생각하며 쓴 작품이라고 한다. 그리고 다음해인 대학교 1학년 때 다른 작품들과 함께 이 시가 문예지『현대문학』에 등단작으로 추천을 받게 된다. 고등학생 시절에 이토록 원숙한 시를 써 냈을 만큼 상당히 조숙했음을 알 수 있는데, 아버지가 소설가 황순원이었기에 역시 핏줄은 속일 수 없는 모양이라는 얘기들이 많았다.

그런데 내가 고등학교 다닐 때, 이 시보다 앞서 발표된 황동규 시인의 시를 본 적이 있다. 『학원』이라는 잡지에서였다. 이 잡지는 학생들을 위한 교양물과 문예물을 실었는데, 1952년부터 발행을 시작해 문학에 뜻을 둔 전국의 학생들에게 필독 잡지로 널리 읽히면서 사랑받았다. 그래서 이름만 대면 알 만한 웬만한 시인, 소설가들이 학생 시절에 『학원』에 작품을 실으면서 학생 문사로 유명세를 누리곤 했다. 내가 고등학교에 다니던 1970년대 말까지도 발행되고 있었으며, 시인을 꿈꾸던 나도 당연히 그래야 하는 것처럼 『학원』지를 사서 보곤 했다. 거기서 나보다 한 학년 위인 이산하(당시 이름은 이상백), 같은 학년인 안도현 같은 이름들을 보며 무척이나 부러워했던 기억이 난다. 그때 특집 기사였는지 기획 기사였는지는 모르겠으나 유명한 문인들이 학생 시절에 학원문학상을 받은 시를 몇 편 소개한 일이 있다.

거기에 황동규라는 이름이 있었고, 이름 앞에는 '중3'이라는 학년 표기가 선명했다. 중3 학생 황동규가 쓴 시를 보고 나는 한참이나 놀란 입을 다물지 못했다. 이게 정말 중학교 3학년 학생의 시란 말인가? 믿어지지 않을 만큼 대단했다. 그 시가 소개된 잡지를 한동안 지니고 있다가 초임 교사 때 내가 담임을 맡은 반에 마침 시인이 되고 싶다는 학생이 있어 선물로 주었다. 그렇게 잡지는 내 곁을 떠났지만 중3 황동규 학생이 쓴 시만큼은 그 후로도 기억 속을 떠나지 않았다. 내게 충격을 주었던 시가 바로 다음에 소개하는 작품이다.

망부석(望夫石)
— 석굴암 가는 길에

아 얼마나 아름다운 노을입니까.

내 볼에 그리고 당신 볼에 잠뿍 피어진 그 노을 말입니다.

보입니까 보입니까 저 출렁대는 동해 바닷물이. 네, 무엇이
라고요. 천여 년 비바람 무릅쓰고 그 바다만 바라보며 살아왔
다고요.

성낸 바닷물이 크게 울고, 천둥 번개가 머리 위에서 마냥 우
릉댈 때에도 그리고 우람찬 서라벌의 성문이 제 힘에 지쳐 쓰
러질 때에도, 오직 검은 목을 느리우고, 한 치 한 치 애타게 느
리우고, 하얀 돛 높이 달고 오실 님을 기다렸나이다.

바라보면 꼬불꼬불 토함산 고개 타니 가을 바람은 새파란 하
늘에 조각조각 붉은 구름을 날리는데

아 얼마나 아름다운 노을입니까.

내 볼에 그리고 당신 볼에 잠뿍 피어진 그 노을 말입니다.

읽어 보니 어떠신지? 내가 충격을 받을 만했다고 여겨지시
는지? 고3 때 썼다는 「즐거운 편지」도 대단하지만, 중3 때 쓴

이 시는 지금 다시 봐도 언어와 이미지를 다루는 솜씨가 무르익을 대로 익어 이미 장인의 경지에 오른 느낌을 준다. 이 시는『학원』1953년 7월호에 우수작으로 뽑혀서 실렸으며 심사위원은 조지훈(1920~1968) 시인이었다. 조지훈 시인이 평하길, "나이를 먹고 시가 틀이 잡히면 절로 이렇게 되는 법인데 군과 같은 나이의 풍요한 감성의 시절을 무엇 때문에 이렇게 늙어 버리게 할 까닭이 있을 것인가?"라고 했다.

2001년도에 문예지『유심』에서 이승원 평론가가 황동규 시인과 나눈 대담을 실었는데, 거기서 언제부터 시를 썼냐는 질문에 황동규 시인은 이런 답변을 내놓았다.

"처음에는 중학교 1학년 때부터 썼죠. 그때 나오던 학생지로『학원』이 있었는데, 거기 시가 몇 편 실렸고, 중3이 되어서는『학원』은 졸업했다고 생각했죠."

그런 다음 고등학교에 올라가서는 당시 유행하던 실존주의에 대한 글들을 읽으면서 소설을 쓰기도 했단다. 물론 시도 계속 써서「즐거운 편지」같은 역작이 그때 나왔다. 천재는 조로한다는 말도 있지만 황동규 시인은 등단 직후부터 주목을 받기 시작해 별다른 기복 없이 뛰어난 시들을 꾸준히 썼고, 80세를 훌쩍 넘긴 지금도 왕성하게 시작 활동을 하고 있다.

앞으로 여러분은 이 시간을 통해서 시의 본질과 구조, 시의 이미지, 시의 은유와 아이러니 등에 대해서 공부를 하게 될 거예요. 하지만 제 바람은 여러분 모두가 시를 학문으로서가 아니라 삶의 한 형태로 받아들이는 것입니다. 마치 사랑하는 사람을 곁에 두는 것처럼.

정인이 결혼하고 대학에서 첫 강의를 맡았을 때 학생들에게 전하던 말이다. 시를 배운다고 해서 황동규 시인처럼 뛰어난 시를 쓸 수 있는 건 아니다. '사랑하는 사람을 곁에 두는 것처럼' 시를 늘 가까이하는 일도 쉬운 건 아니다. 그래도 우리 삶에 시가 필요하다는 생각만큼은 버리지 않으면 좋겠다. 시가 노래가 되고 때로는 영화의 바탕이 되기도 하는, 그렇게 해서 우리의 감성을 풍요롭게 가꿔 주기도 한다는 사실을 인정한다면 가끔이라도 시집을 들춰 볼 마음이 생기지 않을까?

2.

이 시에서 모티브를 얻은 영화가 한 편 더 있다. 허진호 감독의 데뷔작 〈8월의 크리스마스〉가 그렇다. 영화를 기획하고 제작하던 허진호 감독이 황동규 시인의 시 제목을 영화 제목으로 삼으려 했는데 이정국 감독이 먼저 영화를 만든다는 얘기를 듣고 다른 제목으로 바꿨다고 한다. (허진호 감독의 영화는 일 년 뒤에 나왔다.) 그렇게 해서 바꾼 제목이 더 나은 결과를 가져왔다고 생각하는 관객들도 많을 듯하다.

한석규와 심은하를 내세운, 한국 멜로 영화의 최고작이라고 하는 사람들이 있을 만큼 워낙 유명한 작품이다 보니 따로 줄거리를 소개할 필요는 없겠다. 시한부 인생을 살던 정원(한석규)이 병원에 입원해 있는 동안 다림(심은하)은 한석규가 운영하는 사진관에 들르지만 항상 문이 잠겨 있다. 보고 싶고 궁금한 마음에 다림은 편지를 써서 가게 문틈으로 밀어 넣고, 나중에 퇴원한 정원이 그 편지를 읽는다. 답장을 적은 정원이 편지를 전하기 위해 다림이 근무하던 구청을 찾아가지만 다림은 다른 곳으로 전근을 가서 만나지 못한다. 자신의 소식도 전하지 못한 채 홀로 죽음을 받아들이는 정원, 그리고 눈 내리는 날 사진관을 찾아갔을 때 정원이 찍어 준 자신의 사진이 사진관에 걸려 있는 걸 바라보다 돌아서는 다림. 그 장면과 함께 정원의 내레이션이 흘러나온다.

내 기억 속의 무수한 사진들처럼 사랑도 언젠가 추억으로 그친다는 것을 난 알고 있었습니다. 하지만 당신만은 추억이 되질 않았습니다. 사랑을 간직한 채 떠날 수 있게 해 준 당신께 고맙단 말을 남깁니다.

'사랑도 언젠가 추억으로 그친다'라는 첫 구절이, 황동규의 시 「즐거운 편지」 중 '내 사랑도 어디쯤에선 반드시 그칠 것을 믿는다'라는 구절을 변형한 거라는 걸 금방 알 수 있다.

3.

영화 〈편지〉와 관련해서 두 가지만 간단히 덧붙인다. 이 영화를 보고 감명을 받은 태국의 감독 파온 찬드라시리가 리메이크 작품으로 〈더 레터(The Letter)〉를 만들어 태국에서도 흥행에 성공했으며, 부산국제영화제에 초청되어 소개되기도 했다. 그러고 보니 〈8월의 크리스마스〉도 일본 감독 나가사키 이치가 같은 제목으로 리메이크 작품을 만들었다.

또 하나는 〈편지〉의 주인공 이름이 왜 '환유'일까 하는 내 궁금증에 대한 이야기다. 시가 나오는 영화다 보니 비유법의 하나인 환유(換喩)에서 따온 게 아닐까 하는 생각을 해 본 적이 있다. 환유는 어떤 사물 또는 사실을 표현하기 위해 그것과 인접하거나 관련이 있는 다른 사물을 끌어들여 표현하는 방법을 이른다. 우리 민족을 '흰옷'으로 대신해서 표현하거나 왕이 되는 걸 '왕관을 썼다'고 표현하는 식이다. 그런데 이런 내 상상이 터무니없는 것이었다는 사실을, 영화가 끝나고 크레딧이 올라가는 걸 보면서 알았다. 거기 각본자로 '조환유, 이정국, 김무령' 세 사람의 이름이 적혀 있는 걸 발견한 순간, 나는 그만 손바닥으로 내 머리를 치고 말았다.

고전시가가 현대인에게 다가갈 때

호우시절
허진호 감독, 2009

언어의 정원
신카이 마코토 감독, 2013

1.

TV를 거의 안 보는 편이지만 유일하게 빼놓지 않고 보는 게 EBS에서 하는 '세계테마기행'이라는 프로그램이다. 코로나 팬데믹으로 여행이 자유롭지 못하다 보니 집에서나마 세계 각지를 여행하는 각별한 즐거움을 주기도 한다. 세계 어디를 소개하든 다 흥미롭지만 그중에서 한국방송대 중문과 김성곤 교수가 진행하는 중국 한시 기행을 빼놓을 수 없다. 김성곤 교수는 중국문학 전공자답게 한시에 대한 지식이 빼어난 건 물론이려니와 입담도 좋은 데다, 특히 성조(聲調)를 넣어 원어로 한시를 낭송하는 장면은 압권이다. 그냥 눈으로 읽거나 우리말로 낭독하는 것과는 차원을 비교할 수 없을 만큼 멋들어진다.

중국 땅이 워낙 넓다 보니 한시 기행 코스도 다양한데, '두보초당의 봄날'이라는 제목으로 청두(成都) 일대를 소개한 적이 있다. 방송이 시작하자마자 김성곤 교수는 '불학시(不學詩)

면 무이언(無以言)'이라는 공자의 말부터 소개한다. 시를 배우지 않고는 말을 할 수 없다는 얘기다. 그만큼 중국 사람들은 예로부터 시를 무척 중요하게 여기며 숭상했다. 그건 우리 유학자들도 마찬가지여서 선비라면 누구나 시를 짓고 읊을 수 있어야 한다고 생각했다. 지금은 한시라고 하면 현실의 삶과 동떨어진 음풍농월의 시, 혹은 옛사람들이 남긴 유물 정도로 여기는 이들이 많지만 당대의 삶에 밀착한 한시들도 많았다. 현재를 살고 있는 우리가 여전히 한시를 읽고 배워야 하는 이유다.

청두는 쓰촨성(四川省)의 성도(省都)로, 인구 천만 명이 넘는 큰 도시다. 당나라 때 이곳 청두에 중국의 시성(詩聖) 두보(杜甫, 712~770)가 약 4년 정도 머문 적이 있다. 안녹산의 난이 일어나자 전란을 피해 청두로 피신해서 완화계(浣花溪)라는 냇가에 작은 띠집, 즉 초당을 짓고 살았다. 두보의 일생 중 가장 편안하고 평화롭던 생활을 하던 시기로, 여기서 약 240여 편의 시를 지었다고 한다. 두보의 그런 청두 생활을 기념하기 위해 시(市)에서 커다란 정원을 조성하여 지은 게 두보초당(杜甫草堂)으로, 많은 관광객들이 찾는 명소가 되었다.

두보초당을 안내하던 김성곤 교수가 작은 연못을 발견하더니 잠시 쉬어 가자며 난간 턱에 걸터앉아 이렇게 말했다.

"두보가 이곳 초당에 살면서 좋은 시를 많이 썼어요. 그중에서 이제 꼭 내가 소개하고 싶은 시가 있는데 그게 「춘야희우」라는 시예요." 그러더니 이어서 "우리나라에서 아마 정우성인가 누가 주연해 가지고 찍은 〈호우시절〉이라는 영화 있었죠. 그 '호우시절'이 나오는 시예요" 하고 덧붙였다.

이제 내가 왜 이 글 서두에 두보와 두보초당 얘기를 꺼냈는지 알게 되었으리라 믿는다. 영화 〈호우시절〉의 무대가 바로 청두와 두보초당이기 때문이다.

건설회사의 팀장인 박동하(정우성)가 청두로 출장 온 첫날 두보초당에 들렀다가 거기서 미국 유학 시절에 같이 공부했던, 쓰촨성을 고향으로 둔 중국 여성 메이(고원원)를 우연히 만난다. 메이는 그곳에서 관광 안내원으로 일하고 있는데, 뜻밖의 만남에 서로 반가워한다. 하지만 둘의 기억은 자꾸 어긋난다. 동하는 유학 시절 메이에게 자전거를 가르쳐 주고 서로 키스도 했다고 말하지만, 메이는 그런 기억이 없다고 한다. 메이가 기억을 지운 이유는 바로 전해에 대규모의 쓰촨성 지진이 일어났고, 그때 메이의 남편이 희생되었기 때문이라는 사실이 나중에 밝혀진다. 그런 사실을 모르는 동하는 유학 시절에 서로 좋아했던 감정을 되살리고 싶어 한다. 메이 역시 동하에게 마음이 끌리지만 아직 자신의 상처를 극복하지 못한 상태다.

　뜻하지 않게 메이와 재회하고 돌아온 동하는 그날 저녁 숙소에서 두보의 시집을 펼쳐 든다. 카메라는 동하가 두보의 대표시 「춘망(春望)」이 적힌 페이지를 들여다보는 장면을 잡아낸다.

國破山河在(국파산하재)

城春草木深(성춘초목심)

感時花濺淚(감시화천루)

恨別鳥驚心(한별조경심)

烽火連三月(봉화연삼월)

家書抵萬金(가서저만금)

白頭搔更短(백두소갱단)

渾欲不勝簪(혼욕불승잠)

나라는 무너졌어도 산과 강물은 여전하고

봄 깊은 성안에는 나무와 풀 우거졌어라.

시절이 스산하니 꽃을 보아도 눈물 흐르고

이별이 한스러워 새소리에도 깜짝 놀라네.

봉홧불은 석 달째 꺼질 줄 모르고

집에서 보낸 편지는 만금보다 소중하구나.

흰머리를 긁으니 더 짧아져서

이제는 비녀조차 꽂기 어려워라.

이 시는 안녹산의 난이 일어났을 때 쓴 작품이다. 난을 일
으킨 세력은 파죽지세로 국토를 휘저었고, 임금인 현종은 수
도를 떠나 도망 다니는 신세가 되었다. 그러다 왕의 자리에서
물러난 현종의 뒤를 이어 태자인 숙종이 즉위하게 되었고, 두
보는 숙종이 있는 곳으로 가려다 반군에게 잡혀 장안으로 끌
려갔다. 이때 장안에서 괴로운 나날을 보내며, 무너진 나라와
헤어진 가족의 안위를 걱정하는 마음을 잘 드러낸 시다.

두보가 살았을 때 전란이 나라를 휩쓸었다면 동하가 방문
한 청두에서는 바로 전해에 지진이 나서 도시가 주저앉았다.
폐허가 된 도시를 배경으로 삼아, 가족과 헤어진 두보, 지진
으로 남편을 잃은 메이의 처지를 겹쳐 읽도록 만든다. 그런
면에서 수많은 두보의 시 중 「춘망」을 고른 감독의 안목이 돋
보인다고 하겠다.

첫날은 그냥 헤어졌다가 다시 날을 잡아 만난 둘은 즐겁게
저녁 식사를 한다. 그런 다음 공원에서 춤을 추는 사람들 사

이에 섞여 함께 춤도 추는 즐거운 시간을 갖던 중 갑자기 비가 내린다. 우산이 없던 두 사람은 급히 근처 가게 차양 아래서 비를 긋게 되는데, 메이가 내리는 빗줄기 속으로 두 손을 내밀어 비의 촉감을 음미한다. 그런 다음 둘이 주고받는 대화를 잠시 따라가 보자.

메이 : 호우시절이네. 두보의 시에 나오는 말이야. 좋은 비는 때를 알고 내린다는 뜻이야. 졸업 논문으로 썼었거든. 난 네가 시인이 될 줄 알았는데….

동하 : 그러게. 어쩌다 이렇게 된 건지…. 처음에는 잠깐 다니려고 했었어. 첫 월급 타면 그만두고 다시 글을 써야지 했는데, 그런데 다음 달 월급이 들어오고, 또 승진을 하고, 그러고 나니까 책임질 일이 더 많아지고, 점점 더 그만두기 어려워지더라고.

메이 : 그거 알아? 나 네가 쓴 시 참 좋아했어.

동하 : 고마워.

그날 저녁 숙소로 돌아온 동하는 노트북을 켜고 영어로 'The Road'라는 제목을 적은 다음 시를 쓴다.

　첫 줄을 써 놓고 잠시 생각에 잠기다가 삭제 키를 눌러 전부 지워 버린다. 유학 시절에 싹튼 사랑의 감정을 제대로 이어 가지 못하고 귀국 후 인연이 끊어진 것을 안타까워하며 후회하는 마음을 읽을 수 있다. 봄비가 내리면 다시 풀이 자라고 나무가 꽃눈을 틔우듯, 끊겼던 사랑을 이을 수 있을까? 새로운 시작에 대한 기대와 설렘이 동하의 마음을 흔들지만, 아직 메이의 마음을 제대로 확인하지 못한 상태다.

　동하가 더 이상 시를 쓰지 않게 된 이유를 들으며, 대학 시절에 나보다 훨씬 시를 잘 썼던 친구들을 떠올렸다. 그 무렵 나는 늘 신을 원망하고 있었다. 나에게는 왜 글을 잘 쓰는 재능을 주지 않았을까? 그런 원망과 함께 뛰어난 재능을 지닌 친구들에게 열등감을 느끼면서도, 언젠가는 나도 꼭 좋은 시를 쓰고야 말겠다는 다짐을 하곤 했다. 졸업한 다음 대부분의 친구들은 차츰 시에서 멀어졌다. 동하처럼 다들 생활의 무게에 눌려서 그랬으리라 짐작한다. 그런 가운데도 끝내 시를 포기하고 싶지 않았던 나는 서른일곱이라는 늦은 나이에 비로소 시인이라는 직함을 얻을 수 있었다. 열일곱에 시인이 되고 싶다는 꿈을 꾸었으니 딱 20년이 걸린 셈이다. 그래서 나는 어떤 일이 됐건 타고난 재능 못지않게 자신이 좋아하는 일이라면 끝까지 포기하지 않는 끈기가 중요하다는 말을 자주 한다. 내가 바로 그 증거라면서.

출장을 마친 동하가 떠나는 날, 메이는 공항으로 찾아와 원문과 영역본으로 된 두보의 시집을 선물로 건넨다. 시집 제목이 영어로 'Good rain on a Spring Night'라고 되어 있다. 김성곤 교수가 말했던, 춘야희우(春夜喜雨)를 영어로 옮긴 제목이다. 이제 두보의 시를 볼 차례다.

春夜喜雨

好雨知時節(호우지시절)

當春乃發生(당춘내발생)

隨風潛入夜(수풍잠입야)

潤物細無聲(윤물세무성)

野徑雲俱黑(야경운구흑)

江船火獨明(강선화독명)

曉看紅濕處(효간홍습처)

花重錦官城(화중금관성)

때를 아는 좋은 비는

봄에 맞춰 내리네.

이 밤에 바람 따라 몰래 들어와

소리 없이 만물을 적시고 있네.

들길에는 구름 드리워 어둑하고

강 위의 배에는 등불만 외로이 떠 있네.

새벽이 되어 붉게 반짝이는 곳을 보니

금관성이 온통 꽃으로 물들어 있네.

첫 구절에 나오는 '好雨知時節(호우지시절)'에서 영화의 제목을 가져왔음을 알 수 있다. 그리고 마지막 구절에 나오는 금관성(錦官城)은 청두의 다른 이름이다. 옛날 청두에 견직물을 다루는 관원을 두었기 때문에 비단 금(錦) 자가 들어간 이름을 붙였다. (이 첫 구절은 세계인들을 열광시켰던 넷플릭스 드라마 〈오징어 게임〉에 나오기도 했다. '운수 좋은 날'이라는 부제가 붙은 마지막 9회 차에 게임을 직접 관람하기 위해 찾아온 VIP 중에 중국 사람이 있었다. 그가 중국말로 '好雨知時節'을 읊었고, 무슨 뜻이냐는 말에 "좋은 비는 내릴 때를 안다"라고 답을 해 주는 장면이다.)

시집을 받은 동하가 그러잖아도 그 시집을 갖고 싶었다고 하자, 메이는 꼭 다시 한 번 시를 써 보라고 권유한다. 동하는 뭐라고 대답했을까?

"만약에 다시 시를 쓰게 되면 제일 먼저 너한테 보여 줄게."

그 후에 동하는 정말로 다시 시를 쓰게 됐을까? 한국으로 돌아온 동하는 메이에게 자전거와 함께 짧게 적은 편지 한 장을 보낸다.

서울은 하루 종일 비가 내린다. 아마 청두에 내리던 비가 여기로 건너온 거겠지. 곧 다시 만나길 바랄게. 그리고 보고 싶어.

'청두에 내리던 비가 여기로 건너온 거겠지'라는 구절이 바로 시 아니겠는가. 영화는 동하가 다시 청두로 건너가 두보초당 앞에서 메이를 기다리는 장면으로 끝난다.

2.

〈호우시절〉을 보면서 떠오른 영화가 일본 애니메이션 〈언어의 정원(言の葉の庭)〉이다. 두 영화는 공통점이 많다. 주 무대가 공원이라는 것과 비와 시를 매개로 한 사랑 이야기라는 점에서 그렇다. 러닝타임이 46분에 지나지 않는 중편 정도의

애니메이션인데, 감성 멜로물을 좋아하는 일본 관객들을 단번에 매료시킨 작품이다.

이 작품을 만든 신카이 마코토(新海誠)는 1973년생으로, 일본 애니메이션의 새로운 시대를 대표하는 감독이라는 명성을 얻고 있다. 〈초속 5센티미터〉, 〈별을 쫓는 아이 : 아가르타의 전설〉, 〈너의 이름은〉 등으로 우리나라 관객들에게도 친숙하며 열광적인 팬도 많다.

고등학생인 다카오는 구두 디자이너를 꿈꾼다. 특이한 건 비가 오는 아침이면 학교로 가던 발걸음을 돌려 신주쿠에 있는 공원을 찾는다는 점이다. 여느 때와 마찬가지로 비가 오는 날 공원에 간 다카오는 정자에서 비를 피하고 있는 젊은 여자를 만난다. 다카오는 정자에서 노트를 꺼내 자신이 구상하는 구두 모양을 스케치하고, 여자는 초콜릿을 안주 삼아 캔맥주를 마신다. 두 사람은 비가 올 때마다 정자에서 만나 이야기를 주고받으며 친해진다.

처음 만나던 날 다카오는 여자에게 어디선가 본 적이 있지 않냐고 묻고 여자는 아니라고 답한다. 잠시 후 다카오의 교복 조끼에 붙은 학교 문양을 본 여자는 만났을 수도 있다는 말을 한 뒤 다음과 같은 알쏭달쏭한 시 한 구절을 남기고 떠난다.

하늘에 천둥이 여리게 울리니

드리운 구름에 비라도 오려나.

당신을 붙드네.

　이 짧은 시는 일본의 옛 시가를 모은 『만요슈(萬葉集)』에 나
오는 단카(短歌)다. 단카는 하이쿠(俳句)와 함께 일본 고전시
가를 대표하는 양식으로, 5구 31자의 정형시다. 17음절의 하
이쿠보다는 길이가 조금 더 길며, 와카(和歌)라고도 한다.

　여자 구두를 만들고 싶다는 다카오의 말에 여자는 자신의
발을 견본으로 삼도록 내민다. 다카오가 발 사이즈를 이리저
리 재어 가며 본을 뜨고 있을 때 여자가 말한다.

　"나 말야. 잘 걷지 못하게 돼 버렸어. 나도 모르는 사이에."

　"직장 이야기인가요?"

　"여러 가지로."

　잘 걷지 못하게 됐다는 말은 여자에게 심각한 사연이 있음
을 짐작하게 해 준다. 다카오는 그런 여자에게 궁금한 게 많
지만 여자는 자세한 이야기를 해 주지 않는다. 여자의 이름과
나이, 직장 등에 대해 아는 게 하나도 없는 상태에서 다카오
는 서서히 여자에게 마음이 끌린다. 장마가 끝나고 여름방학
이 되면서 두 사람은 만날 일이 없어지고, 다카오는 아르바이

트를 하며 틈틈이 여자의 구두를 만들기 시작한다. 가능하면 여자가 많이 걷고 싶어질 구두를 만들고 싶다는 소망을 품고.

9월이 되고 개학한 뒤 다카오는 학교 복도에서 여자를 만난다. 그때 비로소 다카오는 여자의 이름이 유키노이고 자신이 다니는 학교에서 고전문학을 가르치는 교사임을 알게 된다. 이어서 친구로부터 유키노가 3학년 여학생들과 갈등이 있었고, 여학생들이 퍼뜨린 거짓 소문 때문에 받은 충격과 상처로 인해 그동안 휴직 상태에 있다가 사직서를 내러 왔다는 사실도 전해 듣는다. 다카오는 유키노를 궁지에 몰아넣은 선배 여학생을 찾아가 항의하지만 오히려 여학생의 친구인 남자 선배에게 매를 맞는다. 비가 올 듯 흐린 오후에 공원을 찾아간 다카오, 거기서 정자가 아니라 연못가에 서 있는 유키노를 만난다. 다카오는 다른 말 대신 단카를 읊는다.

하늘에 천둥이 여리게 울리고
비님이 안 와도 이 몸은 있겠네.
그대가 원하면.

유키노가 읊었던 단카에 대한 답변의 형식을 띤 내용이다. 유키노에게로 향하는 마음을 그렇게 둘러서 표현한 셈이다.

다카오의 단카를 들은 유키노는 이렇게 말한다.

유키노 : 맞아. 그게 정답이지. 내가 처음에 너에게 들려준 노래의 답가.

다카오 : '비가 오면 당신은 여기 머물러 줄 겁니까?'라는 노래의 답으로 '비 따위 오지 않아도 여기 있겠어요'라고 답하죠. 『만요슈』. 교과서에 있더군요.

둘이 대화를 나누던 중 단카의 내용처럼 갑자기 천둥이 치더니 빗방울이 떨어지기 시작한다. 급하게 정자로 피신했지만 이미 몸은 빗물에 흠뻑 젖었다. 유키노의 집으로 가서 젖은 옷을 말리는 동안 함께 오므라이스를 해 먹고 차를 마시며 다카오는 행복감을 느낀다. 그리고 유키노에게 좋아하는 마음을 털어놓는다. 하지만 유키노는 "유키노 씨가 아니라 선생님이라고 해야지"라는 말로 선을 긋는다. 나이 차와 사제 간이라는 걸 생각하면 유키노의 그런 반응은 누구나 예상할 수 있지 않았을까?

다카오는 속마음을 털어놓은 걸 후회하며 집으로 돌아가겠다며 나가고, 혼자 남은 유키노는 그동안 다카오와 있었던 일들을 떠올리다 맨발로 다카오를 쫓아 나간다. 아파트 계단 중간에서 그때까지도 줄기차게 내리고 있는 비를 바라보며 서 있던 다카오는 유키노를 향해 배신감을 토로하는 말을 쏟아 낸다. 당신이 처음부터 신분을 밝혔으면 자신이 그런 감정을 가지지 않았을 거라며, 당신은 그런 식으로 평생 중요한 말은 절대로 하지 않고 혼자서 살아갈 거라는 말까지 퍼붓는다. 다카오의 말을 듣고 있던 유키노는 다카오를 끌어안으며 오열한다.

"매일 아침 정장을 챙겨 입고 학교에 가려고 노력했어. 하지만 두려워서 도저히 갈 수가 없었는데, 그 장소에서 나는 너에게 구원받았던 거야."

유키노의 말을 끝으로 아파트 난간에서 두 사람이 끌어안고 있는 장면을 배경으로 그동안의 사연을 가사로 만든 경쾌한 주제가가 흘러나오면서 자막이 올라간다. 자막이 올라간다고 해서 화면을 닫거나 자리에서 일어나면 안 된다. 주제가가 끝날 무렵 화면의 배경은 겨울로 바뀌고, 눈이 내리는 공원으로 들어서는 다카오의 모습을 보여 준다. 다카오가 가방에서 유키노가 보내온 편지를 꺼내 읽는데, 자막에는 핵심적인 구절만 짧게 번역한 내용이 나온다.

'날마다 잘 지내기를…. 어서 따스한 계절이 오면 좋겠어.'

편지를 집어넣고 이번에는 가방에서 여자 구두를 꺼낸다.

유키노를 위해 자신이 직접 만들었을 게 분명한 구두를 나무 의자 위에 가만히 올려놓은 다음 다카오의 내레이션으로 영화를 마무리 짓는다.

걷는 연습을 했던 건 분명 나도 마찬가지였을 거라고 지금은 생각한다. 언젠가 좀 더 먼 곳까지 걸어갈 수 있게 되면 만나러 가야지.

영화는 두 사람 사이에 벌어지는 일들을 따라가며 전개되지만, 한 폭의 멋진 수채화처럼 구현한 화면이 관객들의 감정선을 자극한다. 특히 공원에 비가 내리는 장면들을 그린 작화는 실사 장면으로는 도저히 담아내기 힘든 아름다움을 보여 준다. 감독이 비가 제3의 주인공이라고 했을 만큼 영화에서 비가 차지하는 비중은 무엇과도 비교할 수 없다. 거기에 더해 단카를 통해 마음을 주고받는 스토리텔링이 영화의 격조를 높여 주기도 한다.

고전이 고전으로 불리는 까닭은 현대에 들어서도 새로운 감흥을 불러일으키며 재창조의 시원 역할을 하기 때문이다. 고전이 지닌 그런 힘을 〈호우시절〉과 〈언어의 정원〉을 통해 확인해 볼 수 있지 않을까? 고전문학을 읽고 가르칠 때 그런 점, 즉 지금 여기 있는 삶과 연결 지어 생각하고 재해석해 볼 수 있도록 하는 훈련이 필요하겠다는 생각을 한다. 고전이 고전으로 불리는 이유는 옛 작품이어서가 아니라, 생명력이 길기 때문이라는 점을 강조하면서.

슬픔의 시간을

통과하는

방법

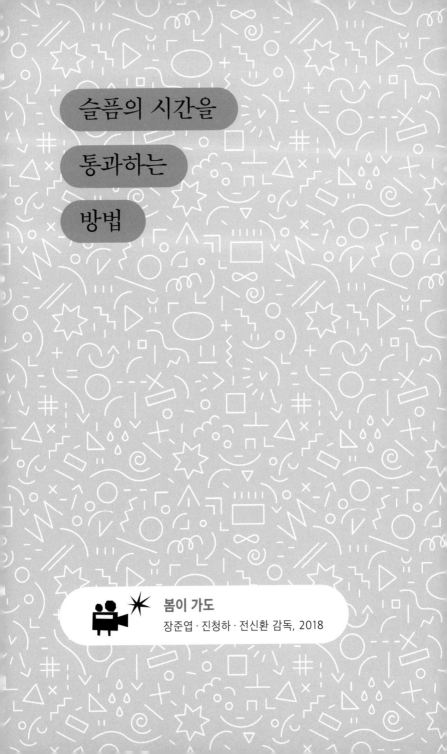

봄이 가도
장준엽 · 진청하 · 전신환 감독, 2018

광화문 하면 언젠가부터 세월호가 자동으로 떠오르게 됐다. 박근혜 탄핵을 외치던 촛불도 광화문 광장을 중심으로 타올랐지만, 탄핵이 이루어진 후 촛불을 들었던 손들은 광화문 광장을 떠나 뿔뿔이 흩어졌다. 그런 뒤에도 세월호 기억 공간은 광화문 광장에 남아 있었다. 진상 규명과 책임자 처벌을 외치는 목소리도 여전했다. 그러던 기억 공간이 오세훈 시장 취임 이후 철거에 들어갔다. 박원순 시장 때부터 추진되던 광화문 광장 재조성 사업 때문에 어쩔 수 없다는 논리였다. 처음에는 다른 공간으로 이전하는 것도 안 된다던 서울시가 입장을 바꾸긴 했으나 이제 광화문 광장에 가서 세월호와 관련한 흔적을 찾기는 어렵게 됐다.

영화가 시작하면 흐릿한 인왕산을 배경으로 이순신 장군 동상이 우뚝 서 있는 새벽의 광화문 광장이 화면에 등장한다. 광장 앞 오른쪽에는 세월호 기억 공간임을 알아볼 수 있도록 한, 커다란 노란색 리본 조형물이 새벽 어스름 속에서 도드라져 보인다. 왼쪽에는 서명을 받던 진실 마중대 천막이 있지만 어둠에 잠겨 흐릿하다. 양옆으로는 새벽부터 길을 나선 차들이 부지런히 도로를 달려가고 있다.

아, 세월호 참사에 관한 영화인가 보구나. 아무런 사전 정보 없이 영화를 봐도 그런 예감을 떠올리게 하는 오프닝 장면이다. 잠시 새벽 광화문 일대를 비추던 화면 위로 소제목 같은 문구가 떠오른다.

아아 잊히지 않는 생각보다

잊고저 하는 그것이 더욱 괴롭습니다

— 한용운, 「너는 잊고저」

이 영화는 세 개의 이야기를 모은 옴니버스 형식을 취하고 있다. 그리고 위 시구가 첫 번째 이야기의 시작을 알리는 역할을 한다. 한용운 시인의 작품이므로 당연히 세월호 참사를 말하는 건 아니지만 관객은 자연스럽게 세월호 희생자 가족들의 슬픔을 떠올리게 된다. 두 행만 인용했지만 같은 시의 다른 구절에는 '구태여 잊으려면/잊을 수가 없는 것은 아니지만/잠과 죽음뿐이기로/님 두고는 못 하여요'라는 내용도 나온다. '잊음=잠과 죽음'이라는 등식이 성립될 때 과연 잊음을 선택할 수 있을까?

여기 그런 상황에 놓인 엄마가 있다. 새벽마다 초와 향을 켜 놓고 실종된 딸이 돌아오기를 바라며 비손을 한다. 딸이 실종된 건 3년 전이다. 보다 못한 남편이 이제 제발 그만하고 딸을 보내 주자고 하자 아내는, "어떻게 보내! 우리 향이 보낼 준비도 못 하고 그냥 갔는데 어떻게 보내!" 하고 절규하듯 외친다.

엄마가 딸의 무사 귀환을 바라며 비손을 하는 건 무속인을 찾아간 뒤부터다. 무속인은 자신이 시키는 대로 하면 딱 3년 째 되는 날에 딸이 찾아올 텐데, 다만 하루밖에 머물지 못하며 딸이 잠들면 그걸로 끝이라는 점괘를 전했다. 그 뒤부터 시작된 엄마의 새벽 비손. 그런데 정말로 딸이 찾아왔다. 아무렇지도 않은 표정으로 잠시 여행을 떠났다 돌아온 것처럼! 그렇게 엄마와 딸은 반가운 재회를 하며 하루를 보낸다.

딸 향이는 평소 그림 그리기를 좋아했다. 그러다 보니 종종 새벽까지 그림 그리는 일이 잦았고, 그런 딸을 엄마가 좋아할 리 없다. 여행을 떠나기 전날 밤에도 딸의 행동은 마찬가지였고, 화가 난 엄마는 딸에게 잘 다녀오라는 말도 하지 않았다. 당연히 가슴에 지울 수 없는 회한을 품고 지낸 나날들. 딸은 엄마에게 그림 한 장을 건넨다. 그림 속에는 세 가족의 환한 모습이 담겨 있다. 엄마 생일을 맞아 선물로 주기 위해 그린 건데, 그날 아침 엄마가 화를 내는 바람에 서운해서 전해 주지 못하고 떠났다는 딸의 설명이 뒤따른다. 관객의 눈물을 자아내게 만드는 장면인데, 영화는 등장인물들이 격한 감정을 표출하지 않도록 최대한 절제해서 표현한다. 이어지는 두 편의 이야기도 그런 기조를 유지한다.

그렇게 딸과 보낸 꿈같은 하루는 엄마의 간절한 염원이 만들어 낸 신기루 내지는 환상일 테지만, 감독은 현실이냐 환상이냐를 굳이 설명하지 않는다. 일이 있어 밤늦게 돌아온 남편이 침대에 누워 있는 아내에게 향이는 잘 갔느냐고 묻고, 아내는 고개를 끄덕이는 장면으로 첫 번째 이야기는 마무리된다.

> 물론 나는 알고 있다. 오직 운이 좋았던 덕택에
> 나는 그 많은 친구들보다 오래 살아남았다.
>
> — 브레히트, 「살아남은 자의 슬픔」

두 번째 이야기를 끌어내기 위한 시 구절이다. 독일의 극작가이자 시인인 브레히트가 나치에 의해 희생당한 친구들을 생각하며 쓴 시다. 1980년대에 광주에서 그리고 이후에도 군사독재에 맞서 싸우다 희생당한 이들이 많았기에 이 시가 사람들의 입에서 입으로 회자되며 널리 읽혔다. 시는 '강한 자만이 살아남는다/그러자 나는 자신이 미워졌다'라는 구절로 끝난다. 살아남은 자, 그리고 그런 자신을 미워하는 자가 두 번째 이야기의 주인공이다.

세월호 참사 당시 운 좋게(?) 살아남은 이들이 있었다. 그렇다고 해서 그들이 행복할 리 없고, 오히려 기억 속에 끈질기게 달라붙어 떨어지지 않는 그날의 충격과 상처가 평생 트라우마로 남게 되리란 건 어렵지 않게 짐작할 수 있다.

공황장애가 있어 보이는 남자는 병원에 다니며 약을 지어 먹는다. 약도 열심히 먹고 운동도 해 보지만 자신이 생업으로 삼았던 운전을 하지 못할 정도로 극심한 불안감에 시달린다. 당연히 직장에도 다니지 못한다. 극복하기 힘든 심리적인 상처나 충격을 받았기 때문일 거라는 짐작을 해 볼 수 있다. 아니나 다를까? 구명복을 입은 사내가 물이 흘러내리는 유리벽을 바깥에서 손으로 연신 내리치고 안에서는 학생으로 보이는 여자아이가 역시 다급하게 손으로 유리벽을 친다. 그때의 일로 사내는 세탁기나 자동차 창문에 누군가의 손바닥이 찍히는 환영에 시달린다. 견디다 못해 스스로 손목을 그어 자해를 시도하기도 한다. 이런 장면들을 보며 떠오르는 사람이 있는지?

김동수 씨는 화물차와 함께 세월호에 탑승했다가 참사를 겪었다. 당시 단원고 학생 등 20명 이상을 구해 '파란 바지의 의인'으로 알려졌다. 김 씨는 참사 이후 트라우마에 시달리며 불면과 우울, 자해 충동 등 어려움을 겪고 있고 항우울제, 수면제를 복용하고 있다. (『경향신문』 2021. 4. 13)

영화 속 사내는 기사에 나오는 김동수 씨를 모델로 삼았을 게 분명해 보인다. 사내를 괴롭히는 건 더 구하지 못한, 마지막에 절망적으로 유리벽을 두드리던 학생의 간절한 모습이었다. 그런 사내에게 그나마 버틸 수 있도록 힘이 되어 주는 건 그가 구해 준 학생들이 보내오는 감사 편지였다.

얼마나 많은 매미들이 울다 지친 채 여름을 포기할 것인가

— 도종환, 「팔월」

마지막 세 번째 이야기로 들어갈 차례다. 이번에는 도종환 시인의 시 구절이 안내자 역할을 한다. 이 시는 박근혜 정부가 들어선 후 국정원이 대선에 개입한 사실이 드러나서 그에 항의하는 집회와 시위가 이어지던 무렵의 심정을 밝힌 작품이다. 울다 지친 매미들이 여름을 포기하는 건 절망적인 상황

에 대한 은유로 읽힌다. 그렇지만 시는 뒤로 가면서 '사악함이 승리하고 정의가 불의를 이기지 못'하더라도 절망하지 않고 끝까지 싸움을 이어 가겠다는 다짐으로 이어진다.

여름날 두 젊은 남녀가 녹음이 우거진 산책길에서 데이트를 하며 대화를 한다. 여자는 매미가 낮뿐만 아니라 밤에도 우는 이유는 밤낮없이 외로워서 그런 거라고 한다. 이어지는 장면에선 수염도 깎지 않은 사내가 개수대에 설거지도 안 한 그릇을 잔뜩 쌓아 놓고 배달 음식을 시킨다. 행복해 보였던 커플 사이에 무슨 일이 있었던 걸까? 평소 김치찌개를 맛있게 끓여 주던 아내가 무슨 사유인지는 몰라도 이 세상 사람이 아님을 장례식장 풍경을 통해 보여 준다.

저녁 무렵 평소와 마찬가지로 배달 음식을 시키기 위해 전화를 걸던 남자는 냉장고에 다닥다닥 붙어 있던 각종 배달 전문 식당 홍보물들 뒤로 무언가 끼여 있음을 발견한다. 홍보물들을 걷어내자 거기에 일부러 숨겨 놓은 듯한, 김치찌개를 잘 끓이기 위한 레시피를 적어 놓은 종이가 나타난다. 낯익은 아내의 필체다. 사내는 곧장 마트로 가서 장을 보아 온 다음 레시피대로 김치찌개를 끓인다. 아내가 해 주던 맛 그대로다. 밥과 김치찌개와 눈물을 섞어 먹는 혼자만의 만찬이다.

"오빠는 울 일이 없겠네. 외로울 일이 없으니까."

"그러니까 어디 가지 말라고, 응? 없어지면 확 울어 버릴 거니까, 매미처럼. 맴맴맴!"

다시 돌아온 회상 장면에서 둘이 주고받던 대화다. 하지만 어디 가지 말라고 했던 여자는 먼저 어디론가 가고 없다.

세 편의 이야기 속에서 세월호라는 말은 한마디도 나오지 않는다. 그래도 세월호 참사를 다루고 있는 이야기들이라는 건 분명하다. 그런데 왜 영화를 세 편의 옴니버스로 구성했을까? 첫 번째 이야기는 희생 학생, 두 번째 이야기는 일반인 생존자, 세 번째 이야기는 일반인 희생자를 둔 가족 이야기다. 세월호 참사를 이야기할 때면 으레 단원고 학생 희생자들부터 떠올리면서 주로 그들에게 초점을 맞추었던 게 사실이다. 그런 시야를 확장해 다양한 형태의 희생자들에 대한 이야기를 풀어 보려고 한 데서 이 작품의 특별함과 미덕을 찾아볼 수 있다.

현재 안산 화랑유원지에 희생자들을 추모하는 생명안전공원을 조성하는 사업이 진행 중이다. 그와 별도로 안산교육청에서는 희생 학생들을 추모할 수 있도록 당시의 교실을 그대로 재현한 기억 교실을 설치해서 운영하고 있다. 그런데 학생이 아닌 일반인 희생자들은 누가, 어디서, 어떻게 기리고 있는지 궁금증을 갖고 있는 사람들은 별로 없다.

인천광역시 부평구 평온로 61. 인천 지하철 부평삼거리역에 내려서 조금 걸어가면 만월산 자락 아래 인천가족공원이 있다. 그곳 맨 끝자락 즈음에 세월호 일반인 희생자들을 위한 추모관이 들어서 있다. 그런 사실을 아는 사람이 얼마나 될까? 그곳에 가면 일반인 희생자 42명과 구조 활동을 하다 사망한 잠수사 2명의 영정을 만날 수 있다. 르포를 쓰기 위해 취재차 두세 차례 그곳을 방문한 일이 있는데, 가슴 먹먹한 사연을 지닌 일반인 희생자들의 이야기를 만날 수 있었다.

영화의 마무리는 밝고 환하게 처리했다. 등장인물들 모두 상처를 이겨 낸 듯한 모습으로 씩씩하게 일상을 영위하는 모습들을 보여 준다. 첫 번째 이야기에서 강아지 몽이가 죽자 어린 딸이 슬퍼하던 모습이 나온다. 그때 엄마가 딸과 나란히 놀이터 그네에 앉아 이렇게 말했다.

"향이가 이렇게 슬퍼하면 몽이는 어떨까? 몽이가 하늘나라에 잘 갈 수 있을까? 그래도 향이가 밝고 씩씩하게 나아가야지 몽이도 기쁘게 떠날 수 있지 않겠어?"

세 감독은 제작 의도를 밝히며 이런 말을 했다. "마음 깊은 곳에 슬픔을 묻어 두고 어떻게든 하루를 이어 가기 위해 안간힘을 쓰는 것이 우리 모두의 삶이라고 생각했"으며, "꾸역꾸

역 하루를 살아 내는 우리 모두에게 또 하루를 살아갈 수 있는 용기와 희망을 전하고 싶었"다고. 애도와 추모는 죽은 자를 잘 떠나보내고 남은 자가 슬픔을 통과해 다시금 삶을 이어갈 수 있는 힘을 얻기 위한 의례일 것이다. 그런 의미에서 이 영화는 진정한 애도가 어떠해야 하는지에 대해 세 감독이 고민하고 모색한 결과물이다.

영화의 첫 장면이 새벽의 광화문 광장 주변 풍경이라면 마지막 장면은 한낮의 광화문 광장 주변 풍경이다. 새벽 풍경과 달리 활기차 보인다. 그런 장면 위에 정호승 시인의 '봄이 가도 그대를 잊은 적 없고/별이 져도 그대를 잊은 적 없다'(「꽃이 진다고 그대를 잊은 적 없다」 중에서)라는 시 구절을 얹었다. 새롭게 다가오는 시간을 열심히 살아가되 슬픔을 잊지 않는 것, 그게 이 영화가 말하고자 하는 핵심일 테다.

영화에 인용한 시 중에서 정호승 시인의 시만 세월호 참사를 직접 다룬 작품이다. 이 지점에서 시가 지닌 보편성에 대해 생각해 볼 수 있겠다. 보편성을 시간과 공간, 대상을 넘어 두루 통용될 수 있는 성질이라고 정리해 보자. 그럴 때 먼저 인용한 세 시인의 시 구절이 비록 세월호를 소재로 삼아 창작한 건 아니지만 세월호 이야기와도 잘 맞물려 들어가는 것과 통한다고 할 수 있지 않을까? 독자가 누군가의 시를 읽으면서 고개를 끄덕이고 때로는 마치 자신의 심정을 대변하는 것처럼 느낄 때가 있다. 그렇게 독자의 감정이입을 이끌어 내는 것, 그게 바로 시가 가진 보편성의 힘에서 비롯한 것일 수 있겠다. 영화는 세 편의 시 구절을 울타리 삼아 등장인물들의 서사를 엮어 간다. 그리고 마지막 결말 역시 시 구절로 마감한다. 거기에 '오늘이 가고 언젠가 이 순간을 기억하겠지'라고 한 이찬솔의 엔딩곡 〈너와 나〉가 더해져 '봄이 가도' 떠나지 않을 여운을 남긴다.

　마지막으로 안타까운 이야기 하나. 첫 번째 이야기에서 엄마로 나온 배우 전미선 씨가 2019년 6월 29일 밤에 스스로 목숨을 끊었다. 대중들에게 사랑받던 배우 한 명이 그렇게 우리 곁을 떠나갔다. 사후에 유작 두 편이 상영되긴 했으나 〈봄이 가도〉가 전미선 씨 생전에 개봉한 마지막 영화다. 슬픔은 그런 식으로 언제나 우리 가까이 있지만, 생전에 전미선 씨가 보여 주었던 아름다운 모습을 잊지 않고 기억하는 이들이 있는 한 슬픔이 결코 슬픔으로만 머물지는 않을 것이라 믿는다.

손가락 끝으로 꿈꾸는 우주인

달팽이의 별
이승준 감독, 2011

　　　　　　　　장애란 불행이 아니라 다만 불편
한 것일 뿐이라고 하는 말도 있지만, 내가 만일 장애인이 된
다면 그저 불편한 정도일 뿐이라고 담담히 받아들일 수 있을
까? 내가 앞을 보지 못한다면, 내가 소리를 듣지 못한다면, 내
가 평생 휠체어를 타고 다녀야 한다면, 내가 다리 하나가 없
다면…. 어떤 경우를 상상하더라도 불행을 느끼지 않으며 살
아갈 자신이 없다.

　이승준 감독은 EBS의 과학 다큐멘터리 프로그램을 제작하
는 과정에서 조영찬이라는 남자를 알게 됐다. 영찬 씨는 어릴
때 열병을 앓아 시력과 청력을 잃었지만 그래도 말은 할 수
있는 상태다. 시력보다 청력이 조금 늦게 사라졌기 때문에 그
사이에 말하는 걸 배울 수 있었기 때문이다. 그 옆에, 세 살 무
렵 넘어져 척추를 다치는 바람에 장애인이 된 김순호 씨가 있
다. 둘은 사랑을 키운 끝에 부부의 연을 맺었다. 남편의 가슴
팍에도 미치지 못하는 키를 가진 아내 순호 씨는 늘 남편 손
을 잡고 다닌다.

두 사람의 이야기를 찍고 싶었던 감독은 어느 날 무작정 맥주 두 병을 사 들고 영찬 씨 집을 찾아갔다고 한다. 영찬 씨는 모든 걸 손으로 만져 보면서 이해하고 판단한다. 맥주병을 만져 본 영찬 씨는 뜻밖에도 천상병 시인을 아느냐고 물었다. 잘 알고 시도 좋아한다고 하자, 천상병 시인이 맥주를 좋아했는데 친구나 후배들이 플라스틱 병이나 캔으로 된 맥주를 사 오면 호통을 치며 병맥주가 진정한 맥주라고 했다는 얘기를 웃으며 들려주었다. 시를 좋아하다 보니 시인에 얽힌 그런 일화들까지 꿰게 된 모양이다. 감독이 두 사람의 삶을 다큐멘터리로 제작하고 싶다고 하자 거절하는 답이 돌아왔고, 몇 번을 더 찾아가서 진심을 전한 뒤에야 촬영 허락을 받을 수 있었다.

영찬 씨와 순호 씨는 손가락으로 대화를 나눈다. 영찬 씨가 눈이 안 보이는 데다 소리까지 들을 수 없는 처지라 수화로는 대화를 나눌 수 없는 상황이다. 그래서 순호 씨가 할 말이 있을 때에는 영찬 씨 손등이나 손가락 위에 자신의 손가락으로 점자를 찍어 의사를 전달한다. 조금 느리기는 하지만 두 사람은 불편을 느끼지 않고 매우 자연스럽게 대화를 나눈다. 순호 씨가 영찬 씨 손가락 위를 자신의 손가락으로 토닥토닥 두드리고 있는 걸 보면 마치 피아노를 치는 것 같다.

이렇게 손가락으로 점자를 찍어 가며 대화하는 걸 점화(點話)라고 한단다. 불을 붙이는 점화(點火)는 알아도 언어 전달 방법인 점화(點話)를 아는 사람이 얼마나 될까? 기껏해야 시각장애인들이 점자(點字)를 사용한다는 것 정도를 알고 있을 뿐이다. 나 역시도 그런 수준에서 크게 벗어나지 못하고 있는 편이다. 말이나 글자를 점자로 바꾸는 걸 점역(點譯)이라고 한다는 것만 알아도 시각장애인들에 대한 관심이 높은 편이라고 할 수 있다. 시각장애인들이 점자를 읽는 것 말고, 쓸 때에는 어떻게 해야 할까? 점자를 찍는 판을 점판 혹은 점자판이라 하고 찍는 도구는 점필이라고 한다. 이런 용어를 아는 사람이 극히 드물고, 국어사전에도 올라 있지 않다는 사실만 짚어 봐도 우리 사회가 시각장애인들의 처지에 얼마나 무신경한지 알 수 있다. 시각장애인들에게도 그런데, 시청각 중복장애인들에 대한 건 말할 것도 없다. 헬렌 켈러 여사를 존경하는 사람은 많지만 우리 곁에 같은 장애를 지닌 이웃이 많다는 사실에 대해서는 애써 알려고도 하지 않는다.

영찬 씨는 기계로 된 점자 단말기를 이용해서 책을 읽고 글을 쓴다. 영화가 만들어지기 몇 년 전에 처음으로 점자 단말기를 접했는데, 당시에 한 대 값이 500만 원이라고 했다. 자신의 돈으로 구입할 수 있는 형편이 안 되어 정부에 지원 신청을 했다. 그때 정부가 1년에 50대씩 지원했는데 영찬 씨가 지원할 당시 경쟁률이 100대 1이었다고 한다. 다행히 점자 단말기를 지원받게 되어 자유롭게 책을 읽으면서 문학의 꿈을 키우기 시작했다. 대학을 거쳐 대학원에 다니며 공부하는 데도 점자 단말기가 무척 큰 도움을 주었다.

부부의 집에 동료 장애인들이 찾아와 함께 식사하면서 어울릴 때였다. 같은 시각장애인인 후배가 영찬 씨에게 결혼할 때 준비가 되어 있었냐고 묻자 당연히 그랬다면서 내놓은 대답이 '외로움'이었다. 그런 식으로 피하지 말고 경제적인 부분 같은 걸 말해 보라고 해도 여전히 자신은 결혼을 위한 외로움이 준비돼 있었다고 말한다. 그 대답을 들으며 나는 영찬 씨가 천상 시인이구나 싶었다.

영찬 씨는 틈이 나면 점자 단말기를 이용해 시나 산문을 쓴다. 영화에 그런 장면이 자주 나오는데, 한번은 아내와 함께 자신이 쓴 글을 다시 검토하며 다듬는 장면이 있었다. 그때 영찬 씨가 맞춤법 하나가 틀린 것 같다고 말한다. 그러면서 아내가 '축 처진'이라고 한 걸 '축 처진'이 맞는다면서 고치라고 한다. '쳐진'과 '처진'은 많은 사람들이 틀리게 쓰는 낱말이다. 그걸 바로잡을 수 있을 정도의 맞춤법 실력까지 갖춘 걸 보고 꽤 놀랐다.

그나저나 두 사람은 어떻게 만나서 결혼까지 하게 됐을까? 대전의 한 장애인선교회에서 단체로 연극 관람을 갔던 날이라고 한다. 관람을 마치고 돌아올 때 순호 씨가 영찬 씨에게 저녁을 먹었느냐고 물었고, 안 먹었다고 하자 곧바로 자신의 자취방으로 데려갔다. 그러면서 밥이 없어 미안하다며 따끈한 라면을 끓여 주었다. 영찬 씨는 그때 먹은 라면을 세상에서 가장 맛있었던 라면으로 기억한다. 정확히 말하면 1997년 7월 8일의 일이다. 두 사람은 그날을 라면 기념일로 정하고 매년 라면을 먹고 있단다. 영화가 개봉할 당시 결혼 15년 차였는데, 영찬 씨가 천사라 칭하곤 하는 아내가 시간이 갈수록 더 크게 느껴진다고 말한다. 비록 작은 체구의 아내지만 그 안에는 거인이 숨어 있는데, 그건 바로 사랑의 거인이란다. 내가 봐도 늘 웃고 있는 순호 씨의 얼굴엔 선한 기운이 가득하다.

영찬 씨는 아내를 사랑하는 만큼이나 자연을 사랑한다. 비록 촉각으로만 감지할 수 있을 뿐이지만 최대한 집중해서 자연과 접촉하려 한다. 비가 내리면 베란다 창문 밖으로 손을 내밀어 빗물의 감촉을 느껴 보고, 알루미늄 새시에 매달린 빗방울을 만져 보기도 한다. 산책을 나가면 나무를 껴안고 있는 걸 즐긴다. 왜 그러느냐고 하면 나무와 데이트하는 중이라는 대답이 돌아온다. 아내가 소나무 곁에 떨어진 솔방울을 주워서 손에 쥐어 주자 냄새를 맡아 보고, 아내가 가리키는 방향에 맞춰 카메라맨을 향해 던지는 장난도 친다. 영찬 씨는 유쾌하고 낙천적이다.

태어나서 한 번도 별을 본 적이 없지만
한 번도 별이 있다는 것을
의심한 적이 없었다.

영찬 씨가 쓴 짧은 시다. 나무나 꽃은 만져 보면 되고 바람은 몸을 맡기면서 느끼면 되지만, 볼 수도 만질 수도 없는 달이나 별은 어떻게 존재를 인식할 수 있을까? 그건 마음의 눈으로 보면 된다. 비록 눈으로 확인한 적은 없지만 분명히 존재한다는 걸 의심하지 않으면 별은 영찬 씨 마음에 온전히 박혀서 빛을 내고 있을 것이다. 눈에 보이지 않는 사랑이 존재하고, 영찬 씨와 순호 씨가 믿는 신이 존재하는 것처럼. 물론 보이지 않아 답답할 때가 많다. 현실에서 보지 못하는 건 꿈속에서도 절대 보지 못한다. 꿈속에서도 시청각장애인이라 그렇다. 답답할 때면 질주하고 싶은 욕망이 꿈틀대고 우주 공간을 광속으로 달려 보기도 하지만 그건 어디까지나 상상일 뿐이다. 그런 우주 공간보다는 지구의 현실을 읽고 싶지만 가능하지 않은 일이라는 것쯤은 영찬 씨도 알고 있다.

영찬 씨는 자신을 비롯해서 시청각장애인들이 전부 우주인 기질을 지니고 있다고 여긴다. 아무하고도 대화를 못 하고 고립돼 있으면 혼자 우주 공간에 있는 기분이 들기 때문에 그렇단다. 그러면서 자신을 손가락 끝으로 꿈꾸는 우주인이라고 정의한다. 그런 면에서 우주인인 영찬 씨에게 손가락은 현실로 통하는 접속 창구 역할을 하는 셈이다.

영찬 씨와 순호 씨는 가끔 이런 생각을 한다. 먼 훗날 둘이 손잡고 기도하다 같이 죽으면 좋겠다고. 이루어지기 힘든 바람이다. 복지관 관장으로 보이는 사람이 순호 씨와 상담을 하며 앞으로 영찬 씨 혼자 다니는 연습을 시키라고 말한다. 순호 씨가 먼저 세상을 뜨거나 무슨 일이 생겨 장시간 함께하는 일이 힘들 때 영찬 씨 혼자서도 자기 앞가림을 할 수 있어야 한다면서. 그 말을 듣고 실제로 혼자 복지관까지 택시를 타고 가도록 하고, 길을 갈 때에도 손을 놓고 영찬 씨가 시각장애인용 흰 지팡이를 짚고 가는 연습을 하도록 한다. 언젠가는 닥칠지도 모르는 현실에 대비하기 위해서다.

가장 값진 것을 보기 위하여

잠시 눈을 감고 있는 거다.

가장 참된 것을 듣기 위하여

잠시 귀를 닫고 있는 거다.

가장 진실한 말을 하기 위하여

잠시 침묵 속에서 기다리고 있는 거다.

영찬 씨는 수영하는 걸 좋아한다. 물속에서는 가로막는 게 없어 자유롭다. 영화 마지막에 영찬 씨가 수영하는 모습과 함께 영찬 씨가 지은 시를 들려준다. 영찬 씨는 지금 잠시 눈을 감고, 귀를 닫고, 침묵 속에서 기다리고 있는 중이다. 값지고, 참되고, 진실한 말을 위하여. 하지만 그 모든 것들을 영찬 씨는 이미 보고, 듣고, 말해 왔다. 오히려 장애가 없는 이들 중에 그렇게 귀중한 것들을 헛되게 소비하거나 팽개치는 경우가 많음을 우리는 알고 있다.

영화는 두 부부의 일상을 과장되지 않게 따라가며 비춰 준다. 두 사람이 살아가는 모습은 아름답고 사랑스럽다. 분명히 있었을 법한 둘 사이의 갈등이나 그에 따른 괴로움, 그리고 둘 다 수급자로 살아가는 데서 오는 생활의 고통 같은 건 담지 않았다. 장애인 친구들은 등장시켰어도 두 사람의 원 가족들은 아무도 나오지 않는다. 혹시라도 관객들이 동정의 시선으로 바라보게 될까 봐 일부러 평범한 일상과 밝은 모습에 초점을 맞추어 편집했다고 한다. 당사자들도 그러기를 원했고. 그래서 장애를 극복하기 위해 애쓰는 흔한 스토리나 장애인들의 힘거움을 부각하여 눈물을 강요하는 장면들은 찾아볼 수 없다. 그냥 영찬 씨와 순호 씨를 응원하는 편안한 마음으로 따라가며 볼 수 있는 영화로 만들었다. 그렇다고 해서 마냥 즐거운 마음으로만 볼 수 있는 영화도 아님은 분명하다.

이승준 감독은 이 작품 이후에, 태어나면서부터 시청각장애에 언어장애까지 지닌 아이와 그런 아이를 돌보며 살아가는 엄마의 이야기를 담은 다큐멘터리 〈달에 부는 바람〉(2016)을 만들었다. 이승준 감독이 다큐멘터리라는 형식으로 두 편의 영화를 만들었다면 극영화로 만든 감독도 있다. 2021년에 개봉한 이창원 감독의 〈내겐 너무 소중한 너〉가 그렇다. 주인공 소녀 은혜가 시청각장애에 언어장애까지 가진 아이로 나온다. 감독은 2008년에 처음 시청각장애인들의 존재를 알고 관련 자료를 찾아보면서 공부를 시작했다. 영화로 만들기 위해 수없이 시나리오를 고쳐 쓰는 동안 너무 자료가 없는 데다 자문해 줄 사람을 찾기도 어렵다는 사실을 알면서 놀라움과 좌절의 과정을 겪어야 했다. 그러다 보니 영화를 완성해서 개봉하는 데 10년이 넘는 세월이 걸렸다. 그보다 더 오랜 세월을 절망과 함께 싸워 가며 살아온 시청각장애인들이 있다는 사실을 생각하면 10년 세월은 별것 아닌지도 모른다. 〈내겐 너무 소중한 너〉에서 상담사가 "현재 대한민국 법으로 정한 장애인 유형에는 시청각장애는 없어요. 시각장애인이나 혹은 청각장애인을 위한 교육 중에서 하나를 선택해서 받으시도록 하고 있습니다" 하고 말하는 대사를 보건복지부 담당자들에게 들려주고 싶었다. 우리나라 시청각장애인은 5천 명에서 1만 명으로 추정된다고 한다. 추정이라는 말에서 알 수 있는 것처럼 정확한 자료조차 없다는 얘기다. 영화 속 영찬 씨나 은혜가 언제까지 '침묵 속에서 기다리고 있는' 중이어야 할까?

울고 싶을 때면 비를 맞았다는 영찬 씨 곁에서 함께 비를 맞아 줄 수 있는 이들이 많아지면 좋겠다. 그러면서 영찬 씨가 꿈꾸는 달팽이의 별까지 마음을 맞대고 여행을 떠나 보면 어떨까? 그런 별이 있다는 걸 의심하지 않으면서.

남산에서

총에 맞아 죽은

시인

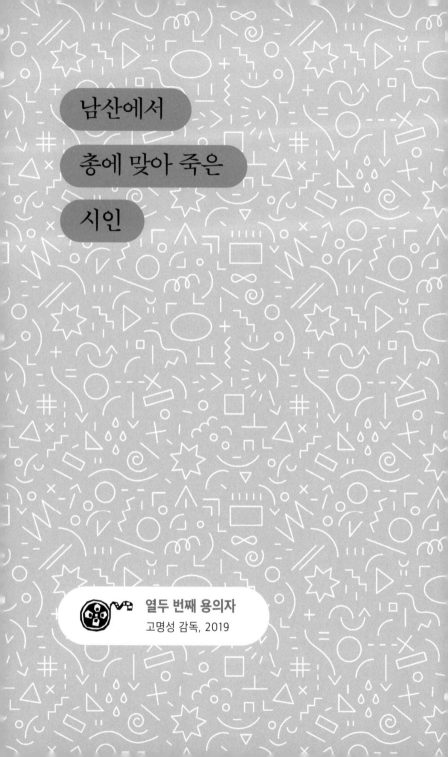

열두 번째 용의자
고명성 감독, 2019

우리 시 문학사를 살펴보면 불행하게 죽은 이들이 꽤 된다. 병에 걸리거나 가난에 시달리다 굶어 죽다시피 한 시인을 비롯해 자살하거나 감옥에서 옥사한 시인도 있다. 그런데 거리에서 총에 맞아 죽은 시인이 있다는 걸 아는 사람은 드물다. '심리추적극'이라는 장르명을 앞세운 고명성 감독의 영화 〈열두 번째 용의자〉 소개 글은 이렇게 시작한다.

한국전쟁의 전운이 채 가시지 않은 1953년 가을밤, 남산에서 유명 시인 '백두환'이 살해당했다.

남산에서 살해당한 시인이라고 했을 때 순간적으로 내 머릿속에 한 사람의 시인이 떠올랐다. 영화를 소개하는 글이나 영화를 보고 난 다음에 쓴 평론가를 비롯한 관객들의 리뷰 어디에서도 내가 떠올린 시인의 이름은 나오지 않았다. 감독이 밝히지 않아서 그러기도 했겠지만 그만큼 그 시인이 알려지지 않은 탓이겠거니 했다. 혹시 내가 착각을 했거나 감독이 실존 인물을 모델로 삼은 게 아닐지도 모른다는 생각이 들었다. 그래서 직접 확인해 보자는 마음으로 영화를 봤고, 내 예상이 맞았다는 걸 확인할 수 있었다. 그러면서 괜히 안타깝고 미안한 마음이 들었다. 누구에게? 영화의 모델이 된 배인철 (裵仁哲, 1920~1947) 시인에게.

당연히 배인철 시인과 영화 속 주인공 백두환 시인은 다른 사람이다. 해방 후 명동에 자주 드나들었던 시인이고, 남산에서 죽었다는 공통점은 있지만 일단 실제 사망 연도와 영화 속에서 설정한 사망 연도부터 다르다. 배인철은 1947년에 죽었지만 영화 속 백두환은 1953년에 죽은 걸로 나온다. 하지만 남산에서 연인과 데이트를 하던 시인이 총에 맞아 죽었다는 사실을, 아무런 모델도 없이, 각본을 쓴 감독 혼자 상상해 냈을 리는 없다.

일단 영화 속으로 들어가 보자. 무대는 명동에 있는 오리엔타르 다방이고, 일부 회상이나 재현 장면을 제외한 대부분의 장면을 그 안에서 찍었다. 그래서 마치 영화보다는 연극 속 공간처럼 보인다. 영화 제목은 시드니 루멧 감독의 영화 〈12명의 성난 사람들〉에서 따왔고, 다방 이름은 고전 추리소설 〈오리엔탈 특급〉을 오마주한 것이라고 감독은 밝혔다. 그러면서도 왜 배인철 시인에 대해서는 언급을 안 했는지 모르겠다. 영화 속 오리엔타르 다방은 시인, 소설가, 화가 들이 자주 모이는 곳이고, 전쟁 직후에 명동에는 그런 예술가들의 아지트가 여러 곳 있었다. 배인철 시인이 명동에서 자주 드나들던 다방은 '에덴'이었다고 한다.

다방 안으로 대낮부터 술에 취한 손님이 한 명 들어오더니, 백두환 시인이 살해당했다는 얘기를 조금 전 술집에서 들었다고 말을 전하는 것으로 본격적인 스토리가 시작된다. 이어서 특무대원 상사 김기채(김상경)라는 인물이 들어와서 다방 안에 있던 이들에게 살해 사건과 관련한 탐문을 시작한다. 다방 안에 있던 사람들은 모두 백두환 시인과 안면이 있고, 다방을 운영하는 부부도 마찬가지다. 감독은 그들 중에 범인이 있으니 알아맞혀 보라고 하는 듯하다. 그러면서 유력해 보이는 용의자를 압축해서 보여 주기도 하고, 몇 차례 반전을 펼쳐 보이기도 한다. 우선 백두환(남성진)과 데이트를 하다 함께 살해되었다는 여대생 최유정(한지안)을 좋아했던 인물들에게 관심이 쏠리도록 한다. 일종의 치정 살인으로 상상하게끔 몰아가는 장면이다. 그러다가 백두환 시인을 시기하던 다른 시인이 밤중에 골목길에서 백두환 시인을 폭행하는 걸 목격했다는 증언이 나오고, 당사자가 그런 일이 있었음을 시인한다.

이런 식으로 차례차례 혐의가 될 만한 인물과 사건을 끄집어내고 당사자들이 부인하는 가운데, 최유정이 백두환을 죽이고 본인도 자살한 게 아니냐는 그럴싸한 추리까지 등장해 마치 퍼즐 맞추기 놀이를 연상하도록 한다. 그러는 한편 뒤늦게 들어온 인물에게도 포인트를 맞추는데, 최유정을 가르친 대학교수라는 인물이다.

실존 인물 배인철 시인 이야기로 돌아오면, 남녀가 함께 살해당한 영화와 달리 그날 총에 맞아 죽은 건 배인철 한 명이고, 데이트를 하던 여성은 옆구리에 총을 맞았으나 죽지는 않았다. 그 여성이 나중에 김수영 시인의 부인이 되는 김현경 씨다. 당시 김현경은 이화여대에 다니고 있었고, 교수로 있던 정지용 시인에게 문학과 시를 배웠다. 정지용 시인의 소개로 잡지에 시를 발표하기도 하고, 시인의 집에도 다녀온 적이 있을 만큼 사랑받던 제자였다고 한다. 영화에 최유정의 대학교수라는 인물을 등장시킨 건 그런 맥락과 닿아 있다.

배인철 시인은 활발한 성격이었다고 하는데, 영화 속 백두환 시인은 등장인물의 평에 따르면 '있는 폼 없는 폼 다 잡고 다니던 고독 시인'으로 불렸다. 다방 한구석에서 혼자 원고를 쓰는 데 열중하며 다른 이가 다가와 말을 걸어도 응대하지 않는 모습을 보여 준다. 그렇게 쌀쌀맞아 보이는 백두환 시인은 어떤 시를 썼을까? 다방 안에 있는 책장 안에서 잡지를 꺼내 백두환 시인이 발표했다는 시를 읽어 주는 장면이 나오는데, 낭독과 함께 친절하게 시를 자막으로 보여 준다. 독특하게 백두환의 한자가 '柏逗環'으로 되어 있고, 시 제목도 '바람' 대신 한자를 사용해서 '風'으로 적었다. 1950년대라는 시대 배경을 감안해서 감독이 일부러 고어 투로 만든 시일 것이다.

風에 흔들리는 갈대와 같이
주체 없이 이리저리 헤매이노라

風에 줏대 없이 흔들리면
배회하는 방울새 핀잔하노라

風의 차가움 줄기 속 깊이 파고들고
갈대인 사실 상기시켜 주노라

風에 갈대들 군무 펼치고
줄기 속 심장 찢어 버리라 하노라

風은 비웃으며 나 가지고 노느니

영화 속에서는 시를 들은 다른 사람이 겉멋만 잔뜩 들어서 촌스럽다는 평을 내린다. 기성 시인의 시를 빌려 온 건 아니고 감독이 창작했을 텐데, 작품성을 따지려 들 필요는 없다. 다만 마지막 연에서 시의 화자가 부끄러움을 느끼고 있다고 했는데, 이 대목이 영화 마지막 부분쯤에서 중요한 역할을 한다. 백두환의 알려지지 않은 비밀과 죽음의 연결 고리 역할을 하기 때문이다. 조금 구체적으로 이야기하자면 백두환은 일제 말기에 자신의 제자들을 전쟁터로 보냈고, 해방 후 군에 들어가 특무상사가 된 김기채는 당시에 일본군 순사로 백두환에게 협력을 강요한 인물이었음이 밝혀진다. 그러면서 심리추적극이라고 했던 영화는 돌연 시대극으로 변한다. 백두환이 오리엔타르 다방에서 혼자 쓰고 있던 글은 아마도 당시의 상황을 밝히거나 폭로하려는 글이었을 것이다.

감독은 기자 간담회에서 "해방 이후 제대로 된 일제 강점기 청산과 과거 성찰이 되지 않은 상황에서 전쟁이 일어났고, 모든 것이 혼란스러운 상황이라는 점에 주목했다"고 밝힌 바 있다. 우리나라의 근현대사 출발점이 잘못 끼워진 단추처럼 꼬였다는 것, 그래서 지금이라도 제대로 진실을 바라보며 성찰

해야 한다는 게 감독의 의도였다는 걸 영화를 보고 나면 알게 된다. 김기채가 일제 때 일본 순사였다면 다방 마담의 남편이자 주방 일을 맡고 있던 노석현(허성태)은 일제 때 독립운동을 하다 잡혀서 고문을 받고 감옥에 갇히는 바람에 다리 한쪽이 불구가 됐다는 설정도 그렇게 해서 나왔다. 김기채가 강변하는 건 '애국'이다. 일제 때는 나라가 없어 애국을 할 수 없었지만 이제 나라가 생기고 정부가 수립되어 애국을 할 기회가 생겼고, 그게 빨갱이 즉 공산주의자를 박멸하는 과업으로 이어진다는 논리다. 그러면서 김기채는 다방 안에 모여 있던 사람들을 모두 공산주의자로 몰아간다.

실존 인물인 배인철 시인이 죽은 다음 그 자리에 있던 김현경은 교칙 위반이라는 이유로 학교에서 퇴학당하고, 김현경과 배인철을 알고 있거나 명동에서 함께 어울리던 김수영, 박인환 시인 등이 경찰서로 불려 가 조사받는다.

이 두 사람은 그날 서울극장에서 영화 구경을 하고 남산을 산보하던 중 돌연 괴한이 나타나서 권총을 발사하여 전기 배씨는 머리에 관통상을 입어 즉사하고 김양은 왼쪽 배에 부상을 입은 것인데 소관 중부서에서는 치정 관계로 인정하고 서적상을 경영하는 박모 씨 외 남자 대학생 약간 명을 구속 취조 중에 있다 한다. 한편 이 살인 사건은 치정 관계가 아니라 전기 배씨가 모 단체의 소속원이므로 반대 측에서 정치적인 대립 관계로 살해한 것이라는 말도 있다. (『경향신문』 1947. 5. 13)

배인철 시인이 총에 맞은 건 1947년 5월 10일 오후 6시 30분경이었다. 그로부터 사흘 후인 13일에 사건이 보도되었는데, 그중 『경향신문』이 비교적 충실하게 내용을 전하고 있다. 『조선일보』는 '탈선된 선생과 여학생', 『동아일보』는 '삼각관계? 질투의 총탄 백주에 남녀를 살상'이라는 제목을 달아 자극적으로 보도했다. 두 사람을 치정 관계로 몰아간 건 경찰 측이었고, 그걸 그대로 받아 쓴 기사들이다. '탈선된 선생과 여학생'이라는 제목은 당시에 배인철이 인천에 있던 해양대학의 교수였기 때문이다. 배인철은 일본에 유학하여 1940년부터 1942년까지 니혼대학에서 영문학을 전공했다. 그런 이력으로 해양대학에서 영어를 가르치는 교수를 하게 됐고, 인천에 주둔해 있던 미군 부대에서 통역을 하곤 했다.

『경향신문』은 경찰 측 발표에 정치적 사건일지도 모른다는 내용을 덧붙였다. 이건 배인철 주변 사람들이 기자에게 말한 내용일 것이다. 김현경이 배인철을 처음 만난 건 해방 후에 좌익 진영의 문인 단체에서 활동하던 평론가 겸 시인인 임화의 집에서였다. 권투를 한 다부진 몸매에 옷도 모던 풍으로 잘 입어 첫눈에 반했다고 한다. 배인철은 좌익 진영 사람들과 관계를 맺고 있었고, 그래서 당시 남산 주변에서 테러 활동을 일삼던 우익 정치 깡패 김두한 일파가 저지른 일일 수 있다는 말이 나오기도 했다. 하지만 경찰은 그런 쪽으로는 수사를 진행하지 않았고 오로지 치정으로 몰아갔다. 『경향신문』에 나오는 '서적상을 경영하는 박모 씨'는 당시에 '마리서사'라는 서점을 운영하던 박인환 시인을 가리킨다. 그런 식으로 단정한 다음 경찰은 김현경 주변의 남자를 모두 불러들여 조사했고, 『동아일보』는 김현경을 '여러 남자와 연애 관계를 가진 여자'로 표현하기도 했다. 사건을 덮거나 축소하려는 상부의 지시가 있었을 거라는 의심을 사기에 충분한 상황이었다. 배인철의 집안은 꽤 부유한 편이었고, 사업을 하던 그의 형이 동생의 죽음에 대한 진실을 밝히기 위해 백방으로 뛰어다니며 애썼으나 결국 범인을 잡지 못한 상태에서 미제 사건으로 묻히고 말았다. 한편 김현경의 회고에 따르면 미군이 장난삼아 쏜 총에 맞았다고 한다. 함께 총을 맞은 당사자의 말이었지만 어찌 된 일인지 그런 증언도 무시당했다. (영화 속에도 백두환과 최유정의 뒤를 따르는 미군이 등장한다.)

배인철은 인천 출신이다. 그래서 해방 후 인천에 살며 자주 명동으로 나와 문인들과 어울렸다. 또래는 물론 선배 시인들과도 잘 어울렸는데, 특히 김광균 시인을 좋아해서 그의 집에 자주 놀러 다녔다. 김광균 시인은 나중에 그런 배인철 시인을 위해 조시(弔詩)를 쓰기도 했다. '명동 백작'이라는 말을 듣던 소설가 이봉구가 명동 시절의 일화를 모아『조선일보』에 연재한 후 펴낸 책『그리운 이름 따라 ―명동 20년』에 배인철이 몇 차례 등장한다.

그중 내게 가장 깊은 인상을 준 건 배인철이 친하게 지냈다는 흑인 병사 브라운에 얽힌 이야기다. 배인철은 브라운을 좋아해서 명동에도 데리고 나온 적이 있으며, 브라운이 전출을 간 부산까지 찾아가서 만나고 올 정도였다고 한다. 그러다가 브라운이 다음 해에 명동에 와서 배인철을 찾던 중 이미 죽었다는 말을 듣고 충격을 받는다. 그러면서 자신의 손목에 찬 시계를 내보이며 배인철이 부산에 왔을 때 선물한 거라고 했다. 한동안 시계에 입맞춤을 하던 브라운은 배인철이 자주 가던 술집에 가서 술이나 하자는 말에 고개를 흔들고는, 술을 마시면 배인철 생각에 가슴이 터질 것 같고 누구든 죽일 것만 같다면서 그냥 명동 거리를 빠져나갔다고 한다.

배인철은 흑인들을 무척 사랑했다. 배인철이 남긴 시는 겨우 다섯 편인데, 모두 흑인을 다룬 시들이다. 그래서 배인철이라고 하면 자동적으로 '흑인시'라는 말부터 떠올리게 된다. 배인철은 왜 그렇게 흑인들에게 애정을 가졌던 걸까? 배인철이 흑인을 만난 건 해방 후 인천에 들어선 미군 부대에 들어가 통역을 하면서부터였고, 그곳에 흑인 병사들이 많았기 때문이다. 배인철은 흑인들이 아프리카에서 노예로 팔려와 백인들 밑에서 고난을 당한 역사와 조선이 일본에게 나라를 빼앗겨 식민지 상태에 놓여 있던 약소민족임을 생각하며 둘을 연결시켜 생각했다. 그래서 흑인 병사가 백인 병사에게 당하는 모습을 보면 달려들어 혼내 주었다는 말도 전한다. 배인철은 일본 유학 시절에 권투를 배웠고, 흑인 권투 선수 조 루이스를 좋아해서 「세계권투선수권 쟁탈전 쪼 루이스 대 빌이콘: 6월 22일 양키 스타디움」이라는 시를 쓰기도 했다.

배인철이 쓴 흑인시는 위 작품 외에 「노예해안」, 「흑인녀」, 「인종선(人種線) ─ 흑인 쫀슨에게」, 「흑인부대」가 있다. 그중에서 「흑인녀」라는 시를 보자.

흑인녀

그렇다
네 아름다운 고향 산과 들

한번 백인의 노예선 찾아간 다음—

이제는 정다이 흐르는 나일강 저녁이 오면

바람 속에 노래 부르는

아아 자연 그대로의 수목(樹木) 같은 아가씨

뉴욕 거리에, 시카고에, 시애틀에

아니 항구마다 길이 뚫린

촌 주막 뒷거리에서도

고향 잃은 딸이여

시퍼런 눈알 무지한 사나이

술 취한 힐쑥한 허연 놈에게

값싼 알콜에 네 살결 맡기는구나

넓은 들판에 달빛 젖은

싱싱한 나무

늬들의 노래 들리지 않느냐

네 누이와 어린 동생마저

굵다란 쇠사슬 늘이어

장날이면 암소와 함께 남긴

에이, 그놈들 노예상까지도

아니다, 아니, 그런 것이 아닐 것이다

달 솟는 밤이면

홧김에 술이래도 퍼부어가지고

달이래도 솟는 밤이면

……내 더운 찌는 듯한 밭과 들

그러나 미칠 듯이 사모치는

고향 아프리카야!

야자수 서 있는 냇가에는

아이들이 흐르는 별을 쫓는구나

아아 이놈들의 원수를 언제나

유리야!

막상 알고 보면 너도 이런 것에 하나이다

뉴기니, 하와이, 필리핀

누구를 위하여 돌아다니며

짓밟힌 몸이냐

이 땅에서도 우리의 누이를

낯설은 이토(異土)에서

원수에게 꺾인 꽃들이

해방이 되었다는 고향에

다시금 창살 없는 우리[檻]에

네 몸을 함부로 던지는구나

아프리카 깊숙한 삼림서 풍기는

그윽한 이름

유리야여!

새로운 생활을 위하여 동무들과

함께 싸우지 않은 날

비 쏟는 밤거리 아니 눈발치는

길거리마다

수천의 유리야, 수십만의 유리야가

온 세계 흩어져 운다.

유리야라는 이름을 가진 흑인 여성 노예의 삶에, '위안부'로 끌려가야 했던 '우리의 누이'를 겹쳐 놓은 발상이 주제 의식을 잘 살리고 있는 작품이다. 1947년에 이 정도의 인식을 가진 시인이 있었다는 게 놀라울 정도다. 그래서 서른도 채 안된 나이에 어처구니없이 살해당한 배인철 시인의 짧은 삶이 더욱 안타깝다. 오래 살았으면 당시에 막 시를 쓰기 시작하던 김수영, 박인환 같은 시인들과 어깨를 나란히 하는 시인이 되었을 거라는 생각도 든다.

배인철의 「흑인녀」 같은 시를 교과서에 실으면 안 되는 걸까? 비록 몇 편 안 되는 시를 남기고 죽었지만 우리 문학사에서 독특한 위치를 차지하는 시인으로 평가받기에 충분하고, 흑인시라는 특유의 장르를 만든 시인 아닌가. 시집 한 권 못 내고 죽었지만 한두 편의 좋은 시가 있어 문학사에 남은 시인은 여럿이다. 「해바라기의 비명(碑銘)」을 쓴 함형수(咸亨洙, 1914~1946), 「봄은 고양이로다」의 이장희(李章熙, 1900~1929) 같은 경우가 그렇다. 언젠가는 배인철의 시도 교과서에 실리고, 제대로 된 문학적 평가를 받을 수 있기를 바란다. 더불어 당시에 박인환 시인이 「인도네시아 인민에게 주는 시」를 발표하기도 했는데, 이런 시들을 교과서가 외면하면서 문학사를 왜소하게 만들고 있는 게 아닌가 싶은 생각도 하게 된다. 해방 후 문단의 빈 구석 한 곳을 채워 줄 수 있는 소중한 시인 배인철, 그 이름을 많은 이들이 기억해 주면 좋겠다.

다시 만나

사랑하겠습니다

번지점프를 하다
김대승 감독, 2001

환생이라는 게 있을까? 신화나 전설 속에서는 가능한 얘기겠지만 현실에서 그게 가능하다고 믿는 사람은 없을 것이다. 생각해 보니 있기는 하다. 티베트 불교인 라마교에서는 종교 지도자 달라이 라마가 환생한다고 믿는다. 그래서 달라이 라마가 죽으면 환생한 아이를 찾아내 새로운 지도자로 모신다. 그래도 이건 종교적인 차원에서 이루어지는 일이므로 과학이라기보다는 믿음의 영역에 속하는 일이어서 옳다 그르다, 논할 건 아니다.

영화 〈번지점프를 하다〉는 환생을 모티브로 한다. 사랑하던 여자가 죽은 뒤 다시 태어나 자기 앞에 나타났다고 믿는 남자가 있다. 그게 설령 착각일지언정 그런 믿음에 빠지지 말라는 법도 없지 않겠는가. '세상에 이런 일이'라는 제목의 TV 프로그램이 있을 정도로 우리가 사는 세상에는 상상하기 어려운 별의별 일이 다 있기 마련이므로. 문제는 하필 새로 태어났을 거라고 믿는 존재가 여자가 아닌 남자라는 데서 곤혹스러움이 발생한다. 그래서 영화의 내용을 오해하는 이들은 동성애를 다룬 퀴어물로 보기도 하는데, 그건 포인트를 잘못 맞춘 해석이다.

82학번 국문과 학생 서인우(이병헌)와 같은 학번 조소과 학생 인태희(이은주)는 2학년 때 비 오는 날 처음 만나 우산을 씌워 주며 사랑에 빠진다.

태희 : 저 아래 뛰어내리면 어떨까?

인우 : 죽겠지.

태희 : 저렇게 폭신해 보이는데? 너도 와서 좀 봐봐.

인우 : 내가 볼게.

태희 : 인우야, 나 뉴질랜드 가고 싶어.

인우 : 뉴질랜드?

태희 : 응. 거기 가면 절벽에서 뛰어내리는 사람들이 있대.

인우 : 뛰어내리려고?

태희 : 응. 뛰어내려도 끝이 아닐 것 같애.

인우 : 그래, 같이 죽자.

태희 : 후후후, 안 죽어. 안 죽게 해 놨다니까.

인우 : 아냐, 같이 뛰어내려. 까짓 거 뭐.

태희 : 정말 안 죽어.

인우 : 같이 죽어. 같이 뛰어내려.

연애할 때 둘이 지리산에 올라 나눈 대화인데, 문학 작품을 설명할 때 흔히 나오는 '복선'이라는 개념에 딱 맞는 장면이다. 둘 사이에 끝이란 건 없다고 하는, 그런 믿음이 영화를 끌어가는 힘이다. 정말 죽은 다음에도 끝이 없는 게 맞을까? 서툴지만 그래서 더 진실하고 애틋한 사랑을 나누던 둘 사이는 서인우가 입대하던 날 비극으로 이어진다. 환송 인사를 해 주기로 한 인태희가 용산역으로 오는 도중 교통사고를 당해 숨졌기 때문이다.

한참의 세월이 흐른 2000년 3월, 서인우는 고등학교 국어교사가 되어 있다. 새로 맞이한 담임 반 학생 중에 임현빈(여현수)이라는 남학생이 있다. 그런데 시간이 지날수록 느낌이 이상하다. 임현빈이 하는 행동에 인태희의 흔적이 너무도 깊게 배어 있다. 물건을 들 때 새끼손가락을 뻗는다든지, 젓가락은 ㅅ 받침인데 숟가락은 왜 ㄷ 받침이냐고 묻는 것까지. 심지어 인태희가 자신의 얼굴을 새겼던 라이터를 임현빈이 손에 쥐고 있는 게 아닌가. 혼란에 빠진 서인우는 수업 중에 임현빈의 멱살을 잡고 도대체 넌 누구냐고 외치는 상황까지 간다. 나는 네가 인태희라는 걸 이렇게 느끼는데 너는 왜 나를 몰라보느냐며 괴로워하는 서인우. 학교 전체에 담임이 임현빈을 좋아한다는 소문이 나고, 둘이 동성애 관계라는 소문이 퍼져 가지만 그런 상황에서도 서인우는 자신의 감정을 어쩌지 못한다. 영문을 모르는 채 추문의 소용돌이에 휩싸이게 된 임현빈도 괴롭기는 마찬가지다. 사태는 끝내 파국으로 이어지면서 서인우는 아내와 헤어지고 학교에서도 쫓겨난다.

 수업 중에 시를 가르치는 장면이 두 번 나온다. 짧게 몇 구절만 낭독하며 지나가서 관객이 크게 주목하지 못할 수는 있다. 눈여겨보면 치밀한 구성에 따라 선택한 시들임을 알 수 있다. 첫 번째는 서인우가 진행하는 국어 수업 시간에 나오는 한용운(1879~1944)의 「논개의 애인이 되어서 그의 묘에」라는 시다. 여기서 '묘'는 무덤이 아니라 사당을 뜻하는 '묘(廟)'다.
 논개를 다룬 시라고 하면 누구나 변영로(1898~1961)의 대표작 「논개」부터 떠올리지 않을까? 국어 교과서에 단골로 실리다 보니 누구나 "아! 강낭콩 꽃보다도 더 푸른/그 물결 위에/양귀비 꽃보다도 더 붉은/그 마음 흘러라" 하는 구절을 읊조릴 수 있을 정도다. 변영로의 시만큼 알려지지는 않았지만 여러 시인들이 논개를 소재로 삼아 시를 썼는데, 그중의 한 편이 한용운의 시다. 한용운의 시는 꽤 긴 편이어서 고등학교 문학 교과서에 실리는 경우는 많지 않다. 더러 수능 모의고사에 지문으로 나오기도 하지만 일반인들은 잘 모르는 작품이다. 영화에서는 시의 앞 대목을 읽는다.

> 날과 밤으로 흐르고 흐르는 남강(南江)은 가지 않습니다
>
> 바람과 비에 우두커니 섰는 촉석루는 살 같은 광음(光陰)을 따라서 달음질칩니다
>
> 논개여 나에게 울음과 웃음을 동시에 주는 사랑하는 논개여
>
> 그대는 조선의 무덤 가운데 피었던 좋은 꽃의 하나이다 그래서 그 향기는 썩지 않는다
>
> 나는 시인으로 그대의 애인이 되었노라
>
> 그대는 어디 있느뇨 죽지 않은 그대가 이 세상에는 없구나

시인은 논개의 애인을 자처한다. 그런 논개는 이미 수백 년 전에 촉석루에서 남강으로 몸을 던져 죽었다. 이 세상에 없는 이의 애인이 된다는 건 어떤 의미일까? '아아 님은 갔지만은, 나는 님을 보내지 아니하였습니다'(「님의 침묵」)라는 구절과 통하는 게 아닐까? 서인우는 한 번도 인태희를 떠나보낸 적이 없다. 비록 육신은 이 세상에 없지만, 서인우에게 영원한 애인은 같이 살고 있는 아내가 아니라 단 한 명 인태희뿐이다.

시의 뒷부분은 이렇게 되어 있다.

용서하세요 논개여 금석(金石) 같은 굳은 언약을 저버린 것은 그대가 아니요 나입니다

용서하세요 논개여 쓸쓸하고 호젓한 잠자리에 외로이 누워서 끼친 한(恨)에 울고 있는 것은 내가 아니요 그대입니다

나의 가슴에 '사랑'의 글자를 황금으로 새겨서 그대의 사당(祠堂)에 기념비를 세운들 그대에게 무슨 위로가 되오리까

나의 노래에 '눈물'의 곡조를 낙인으로 찍어서 그대의 사당에 제종(祭鐘)을 울린대도 나에게 무슨 속죄가 되오리까

나는 다만 그대의 유언대로 그대에게 다하지 못한 사랑을 영원히 다른 여자에게 주지 아니할 뿐입니다 그것은 그대의 얼굴과 같이 잊을 수가 없는 맹세입니다

시인은 계속 논개에게 용서를 구하고 있다. 논개는 언약을 저버리지 않았는데 시인이 먼저 논개를 저버렸음을 고백하며 참회하는 동시에 영원히 다른 여자에게 사랑을 주지 않겠다는 맹세를 하고 있다. 영화 속에서 서인우가 인태희의 환생을 만나 아내를 떠날 수밖에 없는 사정과 통하는 지점이다.

영원한 사랑을 노래하는 시편은 무척 많은데 그중에서 특별히 한용운의 시를 고른 건 논개가 절벽에서 뛰어내렸다는 사실 때문이다.

인우 : 왔구나.

현빈(태희) : 미안해. 너무 늦었지?

인우 : 늦게라도 와 줘서 고마워.

영화의 후반부에 임현빈은 비로소 전생의 기억을 되찾은 듯 역에서 기다리고 있는 서인우를 찾아간다. 그런 다음 영화 초반부에서 뉴질랜드에 가고 싶다고 했던 대로 둘이 함께 뉴질랜드로 향한다. 그리고 번지점프대에 올라 둘이 손을 잡고 뛰어내린다.

영화에서 두 번째 시는 서인우의 후임으로 온 국어교사의 수업 시간에 나온다. 강은교 시인의 「우리가 물이 되어」라는 제목의 시로, 역시 앞부분만 짧게 읽는다. 전체 시는 이렇다.

우리가 물이 되어 만난다면
가문 어느 집에선들 좋아하지 않으랴.
우리가 키 큰 나무와 함께 서서
우르르 우르르 비 오는 소리로 흐른다면.

흐르고 흘러서 저물녘엔
저 혼자 깊어지는 강물에 누워

죽은 나무 뿌리를 적시기도 한다면.

아아, 아직 처녀인

부끄러운 바다에 닿는다면.

그러나 지금 우리는

불로 만나려 한다.

벌써 숯이 된 뼈 하나가

세상에 불타는 것들을 쓰다듬고 있나니

만 리 밖에서 기다리는 그대여

저 불 지난 뒤에

흐르는 물로 만나자.

푸시시 푸시시 불 꺼지는 소리로 말하면서

올 때는 인적 그친

넓고 깨끗한 하늘로 오라.

　국어교사는 낭독을 마친 후 "이 시는 '물이 되어 만난다면'
이라는 미래 가정법 형태로 시작하는 시야" 하고 시에 대한
설명을 한다. 전형적인 시 수업의 한 형태다. 학생 스스로 생
각해 가며 감상하는 게 아니라 교사가 설명하고 학생이 고개

를 끄덕이며 '미래 가정법'이라고 받아 적는 것. 그렇게 일방향의 수업과 일방향의 해석으로 이어지다 보면 시는 사라지고 '미래 가정법'만 남게 된다. 20년 전의 수업이니 지금은 많이 달라졌을 것으로 믿지만, 시험이라는 게 존재하는 한 전통적인 시 수업의 한계를 크게 벗어나기는 어렵지 않을까 싶다.

강은교 시인의 이 시는 첫 시집인『허무집(虛無集)』(1971)에 실려 있으며, 지금도 독자들의 사랑을 받고 있는 대표작 중 하나다. 강은교의 시에서도 죽음은 그 자체로 끝이 아니다. '불로 만나' '숯이 된 뼈 하나'로 화했지만 거기서 끝나지 않고 그 뼈가 '세상에 불타는 것들을 쓰다듬고 있'다는 표현을 사용해서 재생의 이미지를 불러온다. 강은교의 시에서 시간은 고정되어 있지 않으며 삶과 죽음까지 넘나드는 연속성을 갖는다. 그런 점에서 강은교의 시는 주술성과 통하기도 하고(바리데기 무가에서 소재를 빌려 온 시도 있다), 불교의 윤회 원리와 맞닿기도 한다. 불을 거쳐 물로 만난다는 시의 구성은 영화 속에서 두 주인공이 강물로 투신해서 함께 흘러간다는 설정과 잘 어울린다. 그런 점에서 시의 선택이 탁월하다는 생각을 하지 않을 수 없다.

영화는 이승에서 충분히 나누지 못했던 사랑을 저세상까지 끌고 가서라도 이어 가겠다는, 숭고함과 비장함을 바탕에 깔고 있다. 그러면서 사랑이란 감정은 이성으로 통제하거나 조절할 수 있는 영역이 아니며, 그건 상대가 남성이냐 여성이냐하는 차원마저 넘어서는 것이라고 말한다. 끝부분에서 인태희가 "이번엔 여자로 태어나야지" 하자 서인우가 "근데 나도 여자로 태어나면 어쩌지?" 했을 때 인태희가 "그럼 또 사랑해야지, 뭐" 하고 간단 명쾌하게 정리하는 말이 동성애에 대한 편견의 시선마저 씻어 준다. 사랑 그 자체에 집중할 때 다른 모든 것들은 하찮을 수 있음을, 자신의 의지로도 벗어날 수 없는 운명에 포박된 사랑이 있을 수 있음을 영화는 다음과 같은 서인우의 마지막 내레이션으로 대신한다.

인생의 절벽 아래로 뛰어내린대도 그 아래는 끝이 아닐 거라고 당신이 말했습니다. 다시 만나 사랑하겠습니다. 사랑하기 때문에 사랑하는 것이 아니라 사랑할 수밖에 없기 때문에 당신을 사랑합니다.

강은교 시인의 시집 『허무집』에는 '자전(自轉)'이라는 제목의 연작시가 맨 앞에 배치되어 있는데, 그중 첫 번째 시의 마지막 연은 이렇게 끝난다.

부서지면서 우리는

가장 긴 그림자를 뒤에 남겼다.

서인우와 인태희가 강물 위로 몸을 던지면서 뒤에 남긴 '가장 긴 그림자'의 의미를 생각해 본다. 강은교 시인의 '허무'가 단순히 무로 돌아가는 게 아니듯 영화 속 두 주인공의 삶 역시 그냥 부서지기만 한 게 아님을, 영화가 끝난 다음에 이어지는 여운 속에서 느껴 볼 수 있지 않을까?

이 책에 실린 영화를 볼 수 있는 곳

2022년 4월 기준.
각 서비스 채널의 사정에 따라 달라질 수 있다.

★ **찬실이는 복도 많지** (김초희 감독, 2019)

넷플릭스, 웨이브, 티빙, 유튜브, 카카오페이지, 네이버영화, 구글플레이

★ **칠곡 가시나들** (김재환 감독, 2018)

왓챠, 웨이브, 티빙, 유튜브, 카카오페이지, 네이버영화, 구글플레이

★ **시인 할매** (이종은 감독, 2018)

웨이브, 티빙, 유튜브, 카카오페이지, 네이버영화, 구글플레이

★ **시인의 사랑** (김양희 감독, 2017)

웨이브, 티빙, 유튜브, 카카오페이지, 네이버영화, 구글플레이

★ **시** (이창동 감독, 2010)

왓챠, 웨이브, 티빙, 유튜브, 카카오페이지, 네이버영화, 구글플레이

★ **동주** (이준익 감독, 2016)

넷플릭스, 웨이브, 티빙

★ 군산 : 거위를 노래하다 (장률 감독, 2018)

왓챠, 티빙, 유튜브, 카카오페이지, 네이버영화, 구글플레이

★ 후쿠오카 (장률 감독, 2020)

넷플릭스, 왓챠, 웨이브, 티빙, 유튜브, 카카오페이지, 네이버영화, 구글플레이

★ 한강에게 (박근영 감독, 2019)

웨이브, 티빙, 유튜브, 카카오페이지, 네이버영화

★ 정말 먼 곳 (박근영 감독, 2021)

웨이브, 티빙, 유튜브, 카카오페이지, 네이버영화, 구글플레이

★ 생각의 여름 (김종재 감독, 2021)

웨이브, 티빙, 유튜브, 카카오페이지, 네이버영화, 구글플레이

★ 생일 (이종언 감독, 2019)

넷플릭스, 웨이브, 티빙, 유튜브, 카카오페이지, 네이버영화, 구글플레이

★ 시 읽는 시간 (이수정 감독, 2016)

유튜브, 카카오페이지, 네이버영화, 구글플레이

★ 변산 (이준익 감독, 2018)

넷플릭스, 웨이브, 티빙, 유튜브, 카카오페이지, 네이버영화, 구글플레이

★ 69세 (임선애 감독, 2020)

넷플릭스, 유튜브, 카카오페이지, 네이버영화, 구글플레이

★ **강변호텔** (홍상수 감독, 2019)

넷플릭스, 웨이브, 티빙, 유튜브, 카카오페이지, 네이버영화, 구글플레이

★ **편지** (이정국 감독, 1997)

왓챠, 웨이브, 티빙, 카카오페이지, 네이버영화

★ **8월의 크리스마스** (허진호 감독, 1998)

넷플릭스, 웨이브, 유튜브, 카카오페이지, 네이버영화, 구글플레이

★ **호우시절** (허진호 감독, 2009)

넷플릭스, 왓챠, 웨이브, 티빙, 유튜브, 카카오페이지, 네이버영화, 구글플레이

★ **언어의 정원** (신카이 마코토 감독, 2013)

왓챠, 웨이브, 티빙, 유튜브, 카카오페이지, 네이버영화, 구글플레이

★ **봄이 가도** (장준엽, 진청하, 전신환 감독, 2018)

웨이브, 티빙, 유튜브, 카카오페이지, 네이버영화, 구글플레이

★ **달팽이의 별** (이승준 감독, 2011)

왓챠, 웨이브, 티빙, 네이버영화

★ **열두 번째 용의자** (고명성 감독, 2019)

웨이브, 티빙, 유튜브, 카카오페이지, 네이버영화, 구글플레이

★ **번지점프를 하다** (김대승 감독, 2001)

웨이브, 티빙, 유튜브, 카카오페이지, 네이버영화, 구글플레이

문학 시간에 영화 보기 1
한국 영화로 만나는 시와 시인들

초판 1쇄 발행 2022년 4월 15일
초판 3쇄 발행 2023년 10월 30일

+ 지은이 박일환
+ 펴낸이 오은지
+ 책임편집 변홍철
+ 편집 오은지 변우빈
+ 디자인 정효진

○ 펴낸곳 도서출판 한티재
○ 등록 2010년 4월 12일 제2010-000010호
○ 주소 42087 대구시 수성구 달구벌대로 492길 15
○ 전화 053-743-8368   ○ 팩스 053-743-8367
○ 전자우편 hantibooks@gmail.com   ○ 블로그 blog.naver.com/hanti_books
○ 한티재 온라인 책창고 hantijae-bookstore.com

ⓒ 박일환 2022
ISBN 979-11-90178-92-1 03810